U0123062

其實應該是壞掉了

高博倫 著

目錄

推薦序

聽說飛碟回來過

祁立峰

我認識博倫是在東海大學周芬伶老師領讀的讀書會上。那是一個如毛玻璃折射，光影迷幻的場景。一群寫作資優、靈光襲襲如馥郁花朵盛放的大學生、研究生，宛如降靈會般群聚分享自己的成品或半成品。如今線上幾位卓爾而立的寫作者，據聞也都是此讀書會的成員。

在此之前，我也曾修習過類似的創作課，但可不是如此這般。通常就是作品講授，按照派別，年代，肌理，拳拳學院派模組，將之別類分殊。界門綱目，從科從屬，差不多如此，創作課的業就卒了畢了。但參與這場讀書會卻是全然不同的體驗。每次一位寫作者輪流分享作品，全體成員就在投影機前的負片暗室，靜悄悄從頭讀到末尾。只聽到滑鼠格登格登的清脆敲擊聲，群眾裡輕微的呼吸聲，傍晚的教室斜陽被遮光簾切割成斷片截面，如神在如天啟，光景瀲灩，不容逼視。

有人認為教文學談寫作不能依憑通靈通感、天人相應，但不得不說回《文心雕龍》〈神思〉那一套，這回東海的創作課分享會，還真有點「凝然寂慮，思接千載；悄焉動容，視通萬里」的氣氛美學。

我當時已經不太寫純文學的散文小說了，即便純與不純這可是個文學史大哉問，或說引戰導火的燃素。所以我其實滿欽羨像博倫以及其他的讀書會成員，他們尚年輕時就找到了寫作這樣的興趣，有同好彼此品讀鑑賞。且更重要的是，在這樣閱讀受眾蕭條，文學書市急凍的時代，還願意堅持著這樣可能孤寂的寫作。

那些沒來由卻純粹、厚重的小說，生命的褶曲、複雜與困頓，對時代對場所，對一切不明所以不知所謂的抵抗，或記載，或純粹就是將之保留下來放進培養皿。任憑實驗無止盡延宕下去。

我由衷羨慕。自己就像日本圍棋或將棋漫畫裡，曾懷抱著職業棋士幻夢，卻早已離開棋士學院，另謀生計出路、跑去電視台解說盤面大局觀的貴圈邊緣者，零餘者，看那些一生懸命不懈的棋手鏖戰到最後的頭銜賽，本因坊，棋聖，龍王……那般義無反顧。

而博倫在《其實應該是壞掉了》裡的其中一兩個短篇，我曾在上述這場降靈般的讀書會裡，率先拜讀過了，譬如〈三角龍〉其實寄託了原鄉部落的議題，或〈轉彎，再轉彎〉裡對都會與鄉城的折射。而我未曾讀過的作品裡，〈吉原店〉處理特種行業題材，〈飛碟離開了這座城市〉以金沙飯店這個台中知名地景寫家庭寫母子關係，都意銳筆新，以一種機巧的視野既精準又踩線地刺穿刺出這些題材與質素。

如果在文學獎匿名競賽的羅馬競技生死鬥，博倫的作品也不難脫穎而出。雖然不是類型不求故事婉轉，但他善於經營意象，轉場流暢，對白自然，該凝縮時凝縮，該跌宕時跌宕。那種無以名狀與沒來由的敘事動力結構，看似承繼的是現代主義格體，卻空際轉身，在厭世與嫉俗裡延異出了一種獨特的腔調與聲線，澀澀冷冷，卻餘味悠長。

這其實是一種獨特的短篇小說餘韻，尤其《其》的幾篇故事收尾，我覺得值得特別一書，像〈三角龍〉結尾的「你們兩個真的很難掰」；像〈轉彎，再轉彎〉的「我剛剛明明知道為什麼，可是又好像忘了」，故事突然地收束，嘎然而止，簡直就像網紅Youtuber「反正我很閒」影片到最後，樂咖面攤的問號臉，實際上卻又止於所當止，將黑洞退坍縮在一荒謬卻恰如其分的回聲之內。

這些短篇我最喜歡的大概是〈飛碟離開了這座城市〉，博倫寫出了一個我不曾經歷過的台中故事，在站前，在遭祝融燒毀又重建的金沙百貨。那些地景並不是為了所謂的空間書寫，但卻成為小說敘事軸線的一部分。當初我自己寫了兩本與台北有關的書，爾後許多訪談都問到台北這個空間對於我創作的意義。這其實又是學院派是研究者視野下的方法論，將作品以世代建檔，以空間歸類，以議題群分。

但事實上寫地景空間或城市，最終要寫的無非是世情與青春。一座城市決定了一種生活姿勢的樣態，將我們變成本來才是或不是的模樣。因此我覺得未來城市書寫的譜系論述得更縝密，將金沙大火，飛碟旋轉餐廳等作為台中繫年，那當真不該跳過博倫的這篇作品。

我終究沒成為這樣的小說寫作者，第一手天元般珍視著每著棋，但我可以透過轉播看他們的對弈，讀他們的小說。很多人說什麼作品若出版沒有讀者，不如孤芳自賞，我覺得錯了。作品不是為了非被誰讀到而存在，作品就在那裡。用更古典的意象來說，「文章本天成，妙手偶得之」。當寫作者將之謄寫下來的時候，一切就熠熠有光了。

（本文作者為中興大學副教授，著有《台北逃亡地圖》、《巨蛋》等）

導讀

浦島太郎的玉手箱壞掉了

蔣亞妮

是這樣的，浦島太郎救了一隻海龜，因而到了龍宮遊歷，在不同的神話版本裡，他或許與龍宮公主乙姬、或許與海龜化身為的神女龜姬結婚，有時則是根本沒有成婚，結婚總是無甚新意的故事安排，我喜歡看到浦島太郎，不過耗擲了一段魔幻時間，海底浪流連。不管浦島有沒有太太，幾年後，他總會因為想起陸地上年老的母親，決意返歸，故事的「玉手箱」才被開啟……過往的時間被贖回，即使半點也不是我們索求的時間，因為時間只催人老、逼人渾濁。女孩的消亡若是從無價寶珠到魚眼珠子，男孩的老更殘忍，是玉手箱開啟後，瞬間返還的幾百歲容顏，疊疊繞繞，少年瞬老。

《其實應該是壞掉了》，就是高博倫「男孩體」的玉手箱。

法國的神話學者杜美季勒（Georges Dumézil）曾說過：「失去神話的民族，將失去其命脈。」──我們當然還有神話，不過大約已如尼爾蓋曼《美國眾神》、《北歐眾神》

裡一般，網路成新神、媒體如美神、世界（全球化）是新的宙斯。神話都成了美劇，天女可以跨性別、男神當然也會喜歡男孩。浦島太郎，就像是大和民族的伊雅克斯（Iacchus），伊雅克斯也被稱為歐伯多，是少年之神，他的生命一直在少年狀態輪迴，藉由大地之母的力量，總能由死亡不斷重生，永遠年輕。日本心理學大師河合隼雄，曾寫過一本書《日本人的傳說與心靈》，也談到了浦島太郎與少年神伊雅克斯的關聯，青春也似新的神話。

高博倫是九〇後的第一代，談青春當然夠格，這一代的青春共相是，學院的延長、參與社運的積極以及大量的跨國文化影響，能動性足夠的便交換、訪學、留洋……高博倫以十篇短篇，面對即將到來的三十歲，面對（可能是）傳說中青春的盡頭。其實應該是種告別，〈三角龍〉便像是一群好友的成年式，畢竟成年並不代表成為了「大人」，大人的成年式，總要透過其他洗禮，於是高博倫洞悉的替角色寫下：「我們大學畢業了，三個人去京阪神畢業旅行，阿肯在銀閣寺前向沛嘉求婚，我知道他們在交往但也還是被嚇到。他們辦了一場自以為是社會主義式的婚禮，地點選在濱海公路上的台式餐館，國際歌樂隊配上社運旗海，都是當時的流行。然後蜜月旅行去了莫斯科，被打劫了幾萬塊，手機不見。接著維維出生，然後學走路，長大，開始學寫字學算術。」可阿肯與沛嘉的兒子維維終究沒有長大，於是他們，也停在長大前的一步，不再年少卻永遠年輕。

河合隼雄，也是首位取得「榮格分析師」的日本人。他看浦島太郎，便以榮格學派的分析家們「永恆少年」一說為基，再多加增補。「永恆少年」當然能跨越年齡，不輕易死去，河合隼雄認為：「稍微頑強一點的少年不會就這麼死去，他們會在突然沉淪之後，暫時過著沒有作為的生活，但是一轉眼又會以新型態往上升。他們會今天談馬克斯，明天談佛洛伊德，穿梭於各種華麗的活動中。」老去即死去，多麼顯而易見的道理，高博倫又怎會不知？〈轉彎，再轉彎〉或許也是討厭老去，於是才會寫下：「『你覺得我有變老嗎？』」、「我想跟你住在永遠不會變老的街，永遠沒有老店，坐在同樣的窗邊用餐，看對面我們住的公寓，看著行人來來去去，然後餐廳會一直換，一直換，換呀換，只要住得夠久，活得夠久我們就能吃遍世界各國的美食。」所以小說裡的人們似乎總離開不了校園，校園旁連美食街都不會老去，那麼一直留在附近，人們是不是也會被時間忘記？

年輕也不總是好的，換句話說，年輕時我們總會告訴自己，等長大就好了。可如果偏偏沒有長大呢？〈狗的音樂〉裡，錦句一般寫著：「年輕的時候可以同性之愛。」

原來少年少女幾千年來，依然困於同性之愛，那樣的困頓恆久，就像曬衣怕急雨、三十歲必得立出什麼一般，總有些希望，我們會將它壓在未來：「可是到了某個年紀我們還是會回到異性之愛。喜歡同性是因為愛的不成熟，當愛還在慢慢發芽時，我們會迷戀同性，可能是為了獲得某種認同，漸漸的我們越來越大時，愛真正成熟了我們就會恢復到兩性之間的愛情。」、「以前就有人說過，高中時期的情慾容易迷茫，時間過了我們自然會回到男女情愛的正常軌道。我相信這樣的話，所以我就比較安心地每天都去泳池看立武學長。我知道我有一天會恢復正常。」但你我心如明鏡，所謂的正常，那個正常的閥域，究竟是統一的標準值，還是每個人的原廠設定？我不給答案，也輪不到我給答案。

那些同性的愛欲與進退，我選擇在這本小說裡放淡來看。畢竟這是新的神話，一切都沒有什麼值得驚怪。我們早該在吳繼文、紀大偉或是陳思宏走過的路上，一驚一乍完了。這本小說的母題，是高博倫一代的成長曲線。

母題是成長，同樣的，母題也是母體（Matrix），談成長繞不過的還有「母親」，在〈我的Big Brother〉裡，除了是「長大之後」一切都沒有變，沒變好、沒變壞的作答，更是高博倫透過小說中母親的兩個兒子去談「少年與母」，種種母子間的失望與背離，都不脫親情的枷鎖。你逃到遠方，仍帶著鎖鍊，鍊不一定時時存在，只在某些緊要又不緊要的片刻，拉扯了你：「我在台北無時無刻都好餓。和母親一樣，她餓我也餓。」饑餓透過血緣的臍帶，穿越時間線與空間，原來相連之處，是少年少女未剪淨的隱形臍帶。

河合隼雄談以浦島太郎衍生出的不死少年，也提到這份與母親的強烈心理連結，與之共伴的是「同性相戀」的傾向：「他們在女性身上尋找具有母親力量的女神，雖然找了一個又一個對象，但是當他們知道對方只是普通的女性時，會為了繼續尋找女神而不得不再去找其他的女性。換言之，當他們落空時，就會在同性團體中尋找安定，透過得到同性伴侶而獲得滿足。」

當然，心理學無法包括所有人類，也無法定義文學，它只是提供了一個可能的身世，就像我們都愛知道命運、前世、今生或星座命盤這些「我之為人」的所有可能來處。只是現實是，你得習慣宇宙萬物，並不是萬般皆有源。

高博倫從來處抽身，談成長、談老去、談女神也談欲望，〈神木〉是我私人品味中，偏愛的其一，他將上述所有元素壓縮，化成一場兩個男性的漫長對話，千言萬語都成了一句「我好餓」。他以食物替代情話：「我壓低聲音，『我想吃紅燒獅子頭，我想要把奶油塗在烤麵包上然後大口咬下去然後感覺奶油在嘴巴裡化開來。』我親吻他的後頸，然後在他耳邊繼續喃喃我想要吃烤牛排，撒上玫瑰海鹽，然後要吃鮭魚親子丼，還想吃炸雞，薯條，洋芋片，我說我要到夜市去，義無反顧每家攤販都吃，吃到月亮高掛天邊，吃到月亮分泌出它內裡甜甜的蜜餡，烤香腸，烤魷魚，章魚小丸子，我還吃炒麵麵包，然後一路吃到早上，到市場再喝一碗牛肉湯配豬血糕。」

食物果然是最華麗的情話，高潮之處更為人生智慧：「我戒掉苦瓜，戒不掉你。」或是最濃豔一句：「我愛你，愛到可以讓你的每個精子都願意為我成為卵子。」這不就是張國榮在電影《金枝玉葉》裡對男裝袁詠儀說的那句：「男也好，女也好，我只知道我喜歡你。」高博倫的私語版本嗎？文末裡，男孩對另一個男孩說：「我從來沒有這麼餓過。」如果可以，我想翻譯作為：「我從來沒有這麼愛過。」因為愛，才終於能說出一起「變老」。

高博倫一如小說般，在他腦裡的情感記憶間時空旅行，從台中、台北跨越來到不知時空背景的「摩登上海」，〈摩登上海NPNC〉裡，接承他的「慾說」，寫著：「食慾和性慾都是肉慾。」、「所以我不想做愛。」、「傳統的華人不愛聊性，可是傳統上他們必須吃美食，而且是跟人分享美食。」也替讀者問答了自身的創作與表述：「如果食慾和性慾差不多，我們也能這樣大方表現自己的性慾嗎？」我尚不得知其他人可不可以，但高博倫以萬言自證，他可以。

〈摩登上海NPNC〉寫的是現代交友情狀，從交友軟體到約炮，寫的更是他的城市觀與交錯的時間觀，比如一場夜夢，夢見的對象竟是張愛玲：「我是醒來才意識到夢裡的女人是張愛玲。那女人全身光溜溜地在我的床上寫字，稿紙攤在床上，她拿著常見的三菱筆在紙面簌簌寫字。」高博倫的「新」裡，總包裹著復古，再試著以復古思考現代。如果他存在於完全的新穎之中，那麼也許他便寫不出來、察覺不出，相對於新世界的不是舊，而是「壞」。

成住壞空，人生有劫。高博倫第一本小說的同名篇章〈其實應該是壞掉了〉，粗淺看來，說的是跨性別者與總被耳鳴困擾的異男故事，故事裡壞去的是儀器、是設備，卻也是小說的主基調，我們是不是都如同被操壞的器具，在不覺間，整組壞光了？

〈其實應該是壞掉了〉選擇不去修好一切，把壞掉的東西丟棄，壞掉的人則要緊緊抱緊，所以才能寫下：「他緊緊擁抱女人，他不在乎女人怎麼想，他也不在乎自己怎麼想，他不在乎，什麼都不。」

事到如今、讀到這裡，我們知道永恆是不可能與無理的，懂得永恆後，我們誰都沒進化成更好的人。再說，進化也只是為了生存，而不是變好。浦島太郎的故事裡，有這麼一個結尾，總被忽略與遺忘，因為我們總是過於害怕看見百年後的老去，那樣殘忍，直逼心神。雖然，浦島太郎打開了玉手箱，在冒出的白煙之中，龍宮幾百年的時光都被返還，少年成了蓬頭歷齒的老人。可最後的最後，浦島太郎還是化作仙鶴，飛向遠空。壞也好、錯也好，甚至遺忘也好，請你與我一起看完故事，故事是這樣的，玉手箱被留在原處，少年振翅。

（本文作者為散文家，著有《請登入遊戲》、《寫你》、《我跟你說你不要跟別人說》）

推薦語

翻開高博倫《其實應該是壞掉了》，大多以第一人稱展開的小說，給予讀者一種異樣的情調。其異樣處，落在情節、人物、文字穩定與風格、敘事節奏之外，屬於一種特殊的情調。情調本身有異質性，差異性，可以靠近，卻又無法完全親近。像是一再地操演，讓每個「敘事者我」，在與人的互動、在世界中的行動裡的作為與被動反應，皆使這個「我」與「世界」之間更加陌生化，卻又同時取得一種看似徒勞卻重要的理解與清晰感。

彷彿，透過書寫，使得自己具有的異樣感變得具體，卻也同時贖回話語，填補了深陷在這世界、過於黏膩靠近時的失語哀愁。

以第一本作品而言，小說裡角色對話的頹廢感、厭世感，卻又帶有溫度，足以讓人放心祝福於未來的寫作。謹以此短語，祝福啟程。

——朱嘉漢

這部小說以精準的結構，抽離的筆調，為當前世界的廢墟標記了註腳：日蝕過後，恐龍還在那裡。世界暗了又亮。但小說寫作者鋪墊著一個望向未來的目光，告訴我們：那不是壞掉，而是新世界即將降臨的暗示。

——言叔夏

羨慕高博倫的青春書寫，身體碰撞變形，情慾勾牽拉扯，故事瀰漫不安的騷動，視覺聽覺嗅覺都齊了。作者為這些故事打造了許多魔幻場景，山林、城市、網路、校園，青春在其中與性別、性向、政治角力，光燦或者昏暗，這些身體都流螢翻飛，在文字裡發光。

——陳思宏

三角龍

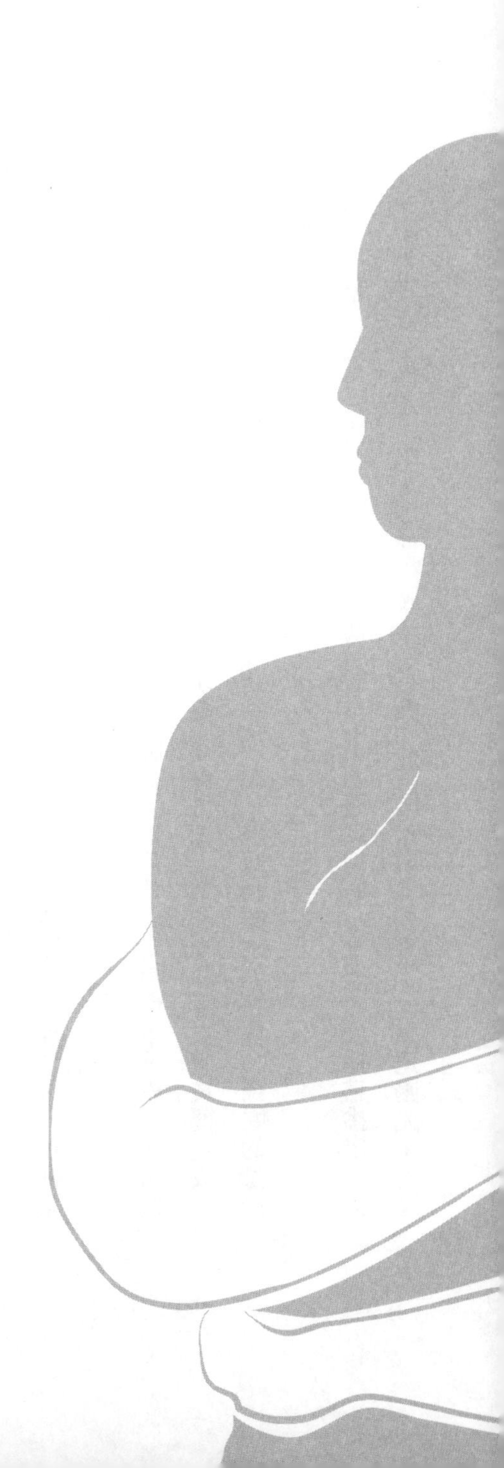

今天是阿肯的兒子維維的生日，有一個結構完整的強烈颱風正朝著我們的部落步步進逼。

我和阿肯到天主堂的墓園去看他的兒子維維。我們擦拭墓碑，鋤草，放蠟筆，我畫了一隻三角龍，然後我們一起抽菸。接著阿肯必須在風暴前回果園工作，我負責回家收拾家務並整理逃生包。維維離去後，我本來只是暫居在阿肯的房子幫忙整頓後事，安頓他的情緒，後來我搬來我工作最愛的桌子，然後住進了客房，接著就把奶奶過世後留給我的房子租給非洲來的幾個伐木工人，整個人徹徹底底和阿肯同居。

阿肯的頂樓面向一整個山坡的檳榔樹。有些鳥飛過樹梢。檳榔果結實累累。我打開洗衣機，把衣服倒入，放洗衣粉時忽然發現一隻小小的三角龍攀附在洗衣機裡。

牠把頭傾向一側凝視我，身上覆蓋霜雪般的洗衣粉。可牠沒有角也不是龍，就只是隻蜥蜴，一隻頭部長滿顆粒角質的蜥蜴。我忽然覺得可怕，萬一牠跟著衣服被攪死成碎片怎麼辦？我立刻抓起牠，用手捧起牠那冰冷的肉體，沒有動靜硬如石塊。蜥蜴的身體才剛接觸到女兒牆就彈了一下迅速游開，只在我手指留下細雪粉末。

牠可能是「脫角」的三角龍。洗衣機殘留了不明而尖銳的小骨頭，我把它挑出，丟出女兒牆外。雲朵破了，陽光如洩洪讓我必須閉起眼睛。颱風要來了，這道陽光來得莫名犀利。再張開眼睛，太陽消失了，慘灰色的雲層。或許我目擊的是把白堊紀結束的一場流星雨。

撤村的廣播在我烘乾衣服時傳來。電鈴響了。我去應門，是穿著警察制服年紀約二十歲的年輕人，我對他完全沒有印象，恐怕是外地調來的吧。「今天晚上要去東興國小過夜喔。」他說，「你們東西準備就要過去囉。」「我等我朋友回來就出門。」

「可以跟你們借一下廁所嗎？」他進了靠近廚房的小廁所。我和他在門口擦身，他的汗味和雨水混雜，有叢林的氣息，以及說不上為什麼的熟悉感。

「是三角龍啊。」他出廁所時，拿起矮櫃上的模型。他掃視了客廳，電視櫃上還有恐龍公仔和恐龍百科及繪本，都是維維生前最愛的玩具，最愛的故事。我忽然有了一個很強烈的直覺，維維在另一個平行宇宙裡還活著，而且他活到了成年，然後來這個時空拜訪我們。

「沒錯，是三角龍。」我說。「你以前喜歡三角龍。」

「對啊，我就愛三角龍。」年輕人說。他和維維好像，我都快忘記維維的樣子了，如果他活到了成年也是如此吧。眼睛一大一小，從小臉就不對稱但就是長得英俊可愛。「三角龍會跟暴龍搏鬥呀，」他很有活力地說著，「可是又不是肉食性動物，就是很有正義感的草食性恐龍嘛。」

「這個送你。」我把矮櫃上的三角龍模型拿起來給他。那隻三角龍身上還有橡膠味，曾有段時間我總覺得古代爬蟲類聞起來就是這樣。

「不好吧！」他接過那隻恐龍，表情有些不好意思卻也有些興奮。

「反正土石流都要來了。」我說。如果還有機會重來，維維也會長大。

「這裡發生過嗎？」

「從來沒有。我們就是撤村然後又回來。這裡什麼都沒發生過。」什麼都沒發生過，維維如果長大了，我們都有機會對著他說：你長高了，你變帥了，你成為比我們都還要更好的人。

「真的要送我？」他輕輕用拳頭拍了我的肩膀，「謝啦。」

我點點頭。他點點頭。他離去，我目送他離去。街上偶有零星的摩托車或行人經過。關車門的聲音，汽車引擎的轟隆聲，一切看似只是有某戶人家要去郊遊那般，部落裡沒有避難的氛圍。果園的方向來了一對夫妻，說說笑笑，彷彿什麼都沒發生過。是阿肯，還有他的前妻沛嘉，手裡大包小包像是逢年回家過節的夫妻。

「杰，」沛嘉穿著一身運動休閒服，把一盒餅給我，「要去避難了，這個今天晚上我們一起分著吃吧。」

阿肯打開儲藏室的門，「她剛剛從台中過來。」

「這是香蕉芒果餡料做成的餅，」她說，「還在颱風天我還是要來。」

「馬的，也不提早跟我們說。」阿肯把農具堆疊整理，「我跟杰可以去載你呀。」

「如果我讓你們知道了，你們就不會讓我來啦。」

「那個……」阿肯看著我，停頓了會。「逃生包嗎？」我邊說邊指向冰箱，「衣服剛剛都烘好了，行李我放在冰箱那邊。你去檢查看看還缺什麼。」

「手電筒你有放嗎？」他問我。我把沛嘉帶來的餅收進要一起帶去避難所的手提運動袋。「我放那支藍色的你有看到嗎？還有你上次去林場用的頭燈。」

「我已經好久沒有搭公車來這裡。」沛嘉看著我，露出微笑。「你應該搭很久吧。」我說。「從台中車站出發大概兩個小時，好懷念的距離。」她回答。我們真的好幾年，十年了吧，超過十年沒有見面。我不確定心裡是否還有憤怒。「你怎麼有能力那麼勇敢？」我問她。我不確定我的表情或我的聲音是怎麼樣的，但我聽見了自己的聲音是一點情感也沒有的，中性，連句子都很奇怪。

我以為她會倒抽一口氣，但她沒有。她收起微笑，然後又微笑。「我可能以前太勇敢了。」她說。

「沛嘉，」我慎重地看著她，卻不知道該如何對她說話，「你的行李呢？」

「已經在東興國小了。」她說，「阿肯，」她叫了他的名字。阿肯咕噥了什麼，她繼續：「杰應該還不知道我的事吧？」

「他媽的，你才剛來他是要怎樣知道啦。」阿肯從櫃子裡多拿了些罐頭收進我們的手提包。

「杰，我要回香港了。」沛嘉說完，很不自然地倒抽一口氣。「我沒有想過自己會回去。這些年來我真的連想都沒有想過。」

「你跟你媽和解了？」

「她上個禮拜剛過世。」

「跟人家去泰國玩然後出車禍。」阿肯補充，「她八成又是去傳教。」

「所以，」沛嘉滑了手機，然後又收起來，「我下星期就要回去了。我妹還有缺一個室友，反正回去了就知道接下來要怎麼辦。」

阿肯收拾東西後便進了客廳。我們都在茶几旁坐了下來，陽光又從窗子灑下，溫暖而乾燥。「今天肯定會有颱風雲可以看。」我看著阿肯，他也看著我，「但也可能等下就下雨了就什麼都看不到。」

阿肯還是看著我。

「我們好久沒一起出去了。」沛嘉說。

我還是看著阿肯。他的眼睛無神。

「我幾天前回學校去走走。」她繼續說，「都沒什麼變，系館的中庭弄了一個花園，還有一張桌子，氣氛很好。」

「你還沒回答杰的問題。」阿肯看著我說。

「什麼問題？」我幾乎代替沛嘉問他。

「你剛剛問她，她到底哪來的勇氣回來部落。」阿肯說，然後他發出宏亮的笑聲，沛嘉也笑了起來，「有強颱要來耶，真的他媽的屌爆。公車司機都沒覺得她很奇怪喔？」

「我又不是唯一的乘客，」她整個人變得更加黯淡，像是陽光曬進屋內所造成的暗影，「還有一個老太太，帶著一個貓籠上車，就坐在我旁邊，把貓籠放在她的腳下。她說颱風要來了她很擔心她的姊姊所以要回部落。我想她就是個養貓的老人家吧，結果那隻貓在路途發出咕嚕咕嚕的聲音。你們聽過吧，咕嚕嚕咕嚕嚕。」她模仿著那聲音，阿肯輕輕地笑著。

「貓咪都會發出呼嚕呼嚕的聲音。」我說。

「可那不是，」她說，「是一隻雞呀，我沒有騙你們。我低下頭看，那籠子裡關的不是一隻貓，是一隻雞呀。」

「你媽死掉了你有沒有很開心？」阿肯突兀地問。

「阿肯，」我說，「你這什麼問題？」

「或是說很放鬆？」他繼續問，「之類的，有嗎？」

「老實說，我收到消息的時候心裡沒有太多波折。」她笑了起來，「老實說，你這問題不就已經預設了答案了嗎？我說阿肯，你都沒什麼變化嘛。以前在社團的時候就是這樣，我跟杰每次都被你的問題搞得頭好疼啊。你們還記得嗎，我們有一次要去台北參加遊行，然後要發新聞稿，阿肯看到我寫的新聞稿就直接問，你知道自己在寫新聞稿嗎？天哪你知道我寫了一整個晚上都沒去做我的報告，每次都這樣，你有沒有發現自己不會寫會議紀錄？你遲到了半個小時你會愧疚嗎？」她又乾笑了幾聲，「我媽死掉了我有沒有很開心？」

「我也記得。」我接話，「他以前就是急性子。我們三個人都是個性急的人，也只有阿肯知道怎麼組織我們。」

「你還記得杰為什麼想要退社嗎？」她壓低聲音問阿肯，「記得嗎，社長？」

阿肯不語。

「因為你忘記我們也只是朋友，不是真的在戰爭狀態，」沛嘉拉高聲音，「你老是忘記我們那時候也只是普通的學生啊，我們沒有要上街打仗啊。杰，你記得吧，我們那時候還有社服耶。搞得我們好像還在戒嚴時代。」她笑了起來，然後她不笑了，「那是我人生最開心的時候了吧，那時候我們真的都太勇敢了。」

「你們覺得我接下來會問她什麼問題？」阿肯看著我。

「所以，」我把頭轉向沛嘉，「那隻雞在哪一站下車？」

「那隻雞跟牠的主人在籃球場那邊下車。」

「是母雞還是公雞？」

沛嘉瞪著我，「我希望是母的，這樣牠可以下蛋，還可以再活久一點。」

阿肯起身去廁所。

「他隨時都會殺了你。你比我還要清楚阿肯的個性。」我警告沛嘉。阿肯尿尿的聲音很大，稀哩嘩啦。

「你們有什麼可以喝的？」她問。

「綠茶。」我起身去沖綠茶，「你趕快走。」

「那你也太不認識我了。」

「快走。」我沖熱水，茶包放入。

阿肯已經從廁所出來了，「你尿到馬桶外了，雞雞是有什麼毛病啦。」

「又不是我尿的。」我說。

「不是你還有誰，沛嘉又不是站著尿尿的。」

「維維。」我說，「剛剛有個警察來叫我們撤離，順便借廁所。」

「警察叫做維維？」阿肯皺眉頭。

我思考了一下，把三只茶杯放到桌上，「對啊，他也叫維維。」

「阿肯，」沛嘉起身，「讓我看一下維維的房間，好嗎？」

「沒問題啊。」他坐下。沛嘉上樓。

阿肯安靜地喝茶。陽光的角度西斜，落在電視櫃上。上面的恐龍的影子變得巨大無比籠罩在牆上。老鐘敲響了起來，已經五點整。

「你知道你現在坐的位置，後面有什麼嗎？」阿肯問我。我沒有回頭，我非常清楚知道我後面有什麼，牆上掛著一幅字帖，斗笠，還有一把武士刀。他起身，坐在我身邊，我可以聞到果園裡的草香氣，還有淡淡的菸草味，還有殺意。他看著我。時光機就是在這種時候開啟的，時光旅行是透過這樣的形式實踐。難以形容，總之就是情緒吧，時間是由情感結構形成，我們此時此刻的情感可以帶我們連結到過往。這是我們之所以要活得夠老才能夠懂得電影中的悲歡離合，或是經由不斷地閱讀來累積這樣的情感。小時候我們都不知道大人在哭什麼，某天我們積累了龐大的情感，人類的共鳴腔發育完成，我們忽然懂得那些成人的愛慾和憂傷。成熟的共鳴腔帶領我們不斷在時間中旅行。

大學時我們三個人，阿肯、沛嘉還有我，合租公寓。公寓面向一大片鐵皮工廠的外牆，下面有條寬廣的人行道和自行車道，常常空無一人。我們在陽台掛了三幅旗幟，彩虹，反核，圖博。我們都知道使用這樣文青式的符號來宣達理念很愚蠢，卻都還是為這三只旗幟發自內心地感到驕傲。經過那偌大的人行道，我們都會多看一眼自己華麗的公寓陽台。就在四樓，不矮也不高的位置，很尋常的高度，很尋常的數字。

人行道上，某天我離開公寓時回頭往上看，阿肯趴在陽台上看著我，我沒有朝他揮手，他也沒有。我們對視了好久像是初次見面然後想弄清楚彼此底細的兩個仇人。沒錯，那一刻我竟覺得阿肯是我的仇敵。

他沒有朝我揮手。一如我進社辦時他從不和我打招呼，彷彿一切順理成章理所當然。倒是該完成的工作必須準時完成，田野訪調的方法我不熟悉，他也不會主動幫忙，所有的資料都沒有任何拖延的可能。他看我的方式讓我覺得我們是仇敵。

「我想到了好多你以前的事情，我剛剛經歷了一場時光旅行。」我對阿肯說。

「那個維維有跟你說什麼嗎？」他對我的時光旅行毫無興趣，渴切地問著維維的事。

我思考了片刻，「你也覺得是維維回來嗎？」

「如果是的話呢？」他看著我，「今天是他十八歲生日。」

「那我今天看到的那個人應該是他吧。」我心裡也覺得寬慰了些。

「廁所旁的三角龍被他拿走了。」阿肯看著我說。

「真的嗎？」我刻意回頭看，「真的不見了呢。可是他可能就真的只是警察呀。維維今年才十八歲不可能當警察呀。」

「他有說什麼嗎？」阿肯繼續問我

「他要我們趕快去東興國小避難。」

他嘆了一口氣，「他要多帶一些玩具走才對。沛嘉還在樓上吧。」

「她就要回香港了。」

「所以要趕快把她殺掉。」

「你要用武士刀？」我問。

「不然咧幹，你有什麼可以借我？」

「我口袋裡有打火機。」

「還有什麼？」

「發票。」

「真假？」

「真的，」我說，「有好幾張。」

「這樣我們可以燒發票然後丟她身上，然後她就會一直尖叫然後死掉。」

「不是，」我解釋著，「我們可以兌獎，中獎兩百萬。」

「然後我們可以買更大的武器把她轟掉。」他說。

「能不能我就把殺人的事情交給你就好，我完全不想。」

「她就在維維的房間裡呢。」他做出誇張的表情。

「對，你隨時都可以幹掉她但是我不想。」我說。

「杰，」他說，「你那天對我說的那句話是什麼意思？你說，你永遠都會是我的靠山。」

「我沒有說過那句話。」我困惑著，我想應該要抱住他，他需要的或許只是擁抱。

「那走吧，把刀拿下來。」

「東興國小不可以帶這個去。」我提醒。

「沛嘉今天這樣可提醒我了，你以前多勇敢的呢，你忘了我們以前怎麼鬧遍天下的嗎？你差點殺掉一個警察。」

「那到頭來我們能做什麼？我們改變了什麼？」

「我們可以做的事情可多了。」

「沒有啊，阿肯，你就是不肯看看你急躁的樣子。你好好看看我們生活的世界好不好。沒有啊。我們什麼都沒有改變呢。」

沛嘉下樓了，然後抱住阿肯。她哭了出來，「房間都沒有什麼改變。我以為我隨時都會看見維維。」她啜泣著，「我沒有想到事情會是這樣子的。」

阿肯拍著她的肩膀，安撫她。窗外忽然蟬鳴大作。原諒是容易的，但是忘記是很困難的，我在心裡告訴自己。我們大學畢業了，三個人去京阪神畢業旅行，阿肯在銀閣寺前向沛嘉求婚，我知道他們在交往但也還是被嚇到。他們辦了一場自以為是社會主義式的婚禮，地點選在濱海公路上的台式餐館，國際歌樂隊配上社運旗海，都是當時的流行。然後蜜月旅行去了莫斯科，被打劫了幾萬塊，手機不見。接著維維出生，然後學走路，長大，開始學寫字學算術。

阿肯沒有從政，有了妻小就只想回部落經營果園，於是他們搬回部落。不久我也回到部落，回到只剩下奶奶的房子。我知道維維很喜歡恐龍，所以常常在阿肯家藏匿恐龍公仔，只要維維找到就是維維的。他總是能找到恐龍，尤其喜歡三角龍。我後來買了很多三角龍的公仔。颱風季的部落很常停電。維維喜歡停電。我教他用手電筒玩影子遊戲，拇指和小指翹起來，加上微翹的中指，投影出來的就是一隻三角龍。我現在還能聽見他的笑聲。

維維開始在東興國小讀書時，我才發現我對阿肯的感覺不只是朋友，我愛他，而且無法自拔地愛。我以為我會因此而萬分痛苦，但並沒有，我每天活得更踏實，看著維維長大讓我們每一個人都越活越真實。沛嘉當時說過，維維出生在一個正確的時代，我們帶領他充分地認識世界的無窮無盡，沒有多餘的國族或性別身分所帶來的壓抑，我們三個人幫他建築了一個理想的宇宙，從小讓他在大自然的原野裡奔跑，讓他淋雨，讓他在泥巴中打滾，帶他養雞然後教他如何把雞殺掉，帶他到林場深處紮營過夜，辨識毒蛇，從小鍛鍊體魄，我們充分地給予他二十一世紀人類該有的體驗。我們把希望寄託在他身上。

維維並不是一個活潑的孩子。他會笑但是話少，隨著年紀更大，他開始安靜地寫作業，安靜地修理壞掉的電扇，安靜地和我們在森林裡散步，安靜地在林木間搭建遮雨棚。他十二歲那年，我們四個人走了一整天的路，夜裡來到山中一座有霧氣的小湖。我們鋪上防水墊就直接躺了下來。維維專心地聆聽晚風在湖面造成的漣漪。我們發現他喜歡聆聽大自然的聲音。他會躺在地上聽地底下的水流和蟲子耙土的聲音，或是靠在樹幹，他說他能聽見液態水向上爬動。

我躺在維維身旁，我指向其中一顆星子。他說他聽不見星星的聲音。我說星星不是用來聽的，那道微弱的光，是另一個世界的太陽，我們現在看到的這道微弱的光來自幾千萬年以前，它出發時這個世界上還有三角龍。它出發時，我們都還未真正出發，那是好遙遠好遙遠的遠古時代。

「以前的人常常幻想能抓到星星，」維維的聲音進入了變聲期，有些粗啞，「如果我們真的抓到了，星星就會在我們手上爆炸，然後一切都會回到上古時代。那我們也會變成一道光芒，然後在時空裡面旅行，旅行到好幾千萬年外的世界，讓下一個文明接住我們，讓他們也變成那道光。」

他說這段話時，阿肯和沛嘉已經在半睡半醒之間。

回到部落時，我說服沛嘉開車載維維去科博館和美術館參觀走走，也許維維會很有收穫。於是他們週末就啟程，剛好沛嘉也帶著他去和大學朋友聚餐。維維當天還主動傳了訊息告訴我博物館的人很多，給我看他的筆記，還有他們中午吃的迴轉壽司。

消息是在接近午夜時傳來，阿肯用電話講的。

我沒有直接去找阿肯。我到廚房去喝水，只是單純地喝水，喝了很多水。奶奶居然也還醒著，她用族語叨叨念著什麼，自顧自地笑。我把事情告訴她，我不確定她能不能聽懂事情的嚴重性。我說維維走了，維維不會再回部落了。

「不要一直喝水，也要吃。」她把廚房籃子裡還未吃完的紅豆飯糰放到我面前，剝開塑膠袋要我立刻吃掉。我說不要，她便更堅持。我小口小口地吃，吃不出豆子和米的差別，奶奶已經回房去了，我繼續吃，又從籃子裡拿出第二個飯糰。我的味覺慢慢恢復，紅豆的味道清甜混著米香，冷冷的有一種奇特的溫度在裡面發酵。我吃出了汗來，我打開門走了出去，世界頓時充滿聲音，我覺得自己可以聽得好遠，好遠好遠，木頭斷裂，蚯蚓掘土，星星發出蒼蠅般的呢喃。

他們的汽車上山路時，失速撞向山壁。維維雖然有綁安全帶，但他所在的副駕駛座已經成為一團爛泥，屍塊混著泥土和汽車殘骸拖延數十公尺，唯一留下完整可辨識的只有右手掌。我可以聽見那片肉泥發出冒泡的聲響。沛嘉被彈出車外，只有骨折，並因酒駕殺人判刑入獄。

村長又開始廣播了，要大家立刻收拾重要行囊及個人文件前往東興國小。

「我去廁所。」我說。

我不知道為什麼本能地停止呼吸，進了廁所才開始大口呼吸，迎來陣陣尿騷味。我上了廁所，然後拿起刷子開始刷地上的尿垢。我用力地刷著，他們開始說話，我隔著門聽他們說話。

「她畢竟也是維維的外婆呀。」

「你覺得你會原諒你媽嗎？」

「我們為什麼非得要談原諒不可？我當然無法原諒她，我也不是來這裡尋求你們的原諒。我犯了不可原諒的罪過，難道我沒有承擔這份罪嗎？」

「那你有沒有想過你回到這裡究竟會發生什麼事？」

「果然，又來了，阿肯式的質問。那你又有沒有想過我有天還是會回到這裡？你又有想過嗎？而且我花了十一年才走到這裡。」

「所以你這些日子到底過得好不好？」阿肯問，他們之間沉默了好久，「幹麼不講話？這不是你要的問題嗎？我現在給你了。」

「我不知道。」她哽咽著，「我應該要知道嗎？你覺得我應該知道答案嗎？」

「我只想知道維維現在過得怎麼樣。」他用一種我從沒聽過的聲音低語著。

「阿肯……」她欲言又止。我聽見了開門的聲音，然後是關門。

我離開廁所，「所以她的屍體在哪？」我問他。

「九九號沿著整個山壁，右手夾在汽車的冷氣口裡面。」他說，「封鎖線拉得太久，都是蒼蠅，好多蒼蠅。」

這時門又開了起來，「好險沒鎖門。」沛嘉說，「我本來想說，我忘記拿手機，所以進來找手機然後再發現手機其實就在我的身上。我想問的是，為什麼？」她看著我們。

「沛嘉，你過來坐好。」我命令，「OK，阿肯你也是。」我要他們在飯廳坐好。

「你們都不用講話。等我。」我從逃生包拿了三個紅豆飯糰，然後要他們吃。「不用擔心不夠，食物永遠都夠，現在我們一起吃。這是我奶奶教我的，這種時候就是吃就對了。」

「我不餓。」阿肯說。「我也不餓。」沛嘉說。

「真的嗎？」我問，他們點頭，「好吧反正我也不餓。」然後我又把飯糰收了回去。「我不知道為什麼，可是沛嘉既然來了，我覺得我們都得坐下來重新開始。任何什麼都好，總之我們得好好說話。」

「我真希望死的人是你。」阿肯對沛嘉說。「我們還是來吃飯糰好了。」我說。

「阿肯，你十一年前就應該這樣對我說。」她抱怨，然後轉向我，「沒意外的話你當然也希望是我死。好吧，我們三個人以前在社團裡就常常沒有共識，我們好不容易終於有了一個共識。我也希望我死。我真的是這樣想的，我應該沒有必要證明吧。」

「很好，一開始就有共識了。所以……」

「那你證明你有想死過。」阿肯命令她。

沛嘉沉默著，「我腦筋空白，我沒有辦法回應你，阿肯。」

「人都會死，我早就看清楚了。這些年來什麼都沒變。」他說。

她看著窗外，「原來什麼都沒變。」她冷笑，「我不知道我這樣說可不可以，你怎麼能說什麼都沒變呢？阿肯，這是我，我是害死維維的那個人。我就是她。我們真的不如以往勇敢了是吧，你以前說我們終究都要向學生時代的自己學習，因為那時候的我們無所畏懼。你也說過，年輕的我們比起老去的我們都還要更加古老，因為那種相信理想的熱情讓我們看得遙遠，那種熱情讓我們感知到歷史，那種熱情使我們光是想到未來的各種可能就會渾身發抖，所以我們才走向街頭，不是嗎？可是你曉得嗎？我比起年輕的我自己還要更加勇敢，我覺得我從來沒有這麼年輕過，因為我被一遍又一遍地殺死。我當然沒有死成，可是我的心已經死了，一次又一次，所以我已經沒有什麼好失去，沒有什麼好恐懼，我不就來了嗎？我知道這裡沒有人會原諒我，可是我沒有躲開，我不是已經現身在這裡了嗎？」

「我原諒你。」阿肯說。

「我連自己都沒原諒自己。」她說。

「所以我可憐你。」

「阿肯，」我叫住他，「我可憐我們每一個人。」

「肚子餓了。杰，你還是把紅豆飯糰拿來好了。」阿肯說。

我們三個人一起吃飯糰。

「我們以前還是比較勇敢。」阿肯說。

「你還記得我們做過什麼勇敢的事情？」我問。

「我們騎機車帶著鞭炮去炸縣長的家呀。」他說，「我們騎了三個小時的車子，在路上站著尿尿，沛嘉也是一樣。」

「然後我們躺在馬路上。」我回想著。

「因為太累了所以就在公路上躺著休息。」沛嘉也回憶著。

「那時候我們機車時速其實很快耶，我記得八十幾，現在超過五十都會怕了。」阿肯說。

「所以這個世界還是變得很多。」沛嘉說，「某種程度上我們都已經不存在了。」

「當你還在談論這個的時候表示你根本還沒老。」阿肯說，「要開心。真正的老人連這個都不知道怎麼談。」

「你覺得你老了嗎？」她問阿肯。

「他敢說沒有覺得老，就太雞掰了。」我說。

「沒有。」他說，「我就很雞掰怎樣，如果可以變老我也想趕快變老，可是我不知道為什麼我就是沒有變老。可能因為我沒有好好當過爸爸。」

「你的答案應該相反過來，維維的離去讓我們都從此老去。」我說。

「但並沒有。」他站起來，「我證明給你們看。」他轉身去冰箱旁拿起我們的逃生包和行囊。

「你要出發囉？」我問他。

「用走的。」他說。

「到東興國小開車都要十五分鐘耶！」我說。

「誰跟你開車，小時候我們還不是這樣走路過去的嗎？」

「我們真的要用走的嗎？」沛嘉問道。

「你們就開車吧，我走路。」他開了門就要出去，「我要走捷徑。」

「穿過林場嗎？」我問，「下雨了就危險了，之前那邊才有崩塌。」

他沒有答話，關了門就上路。

「我們應該跟上嗎？」我問沛嘉，我們都知道他是幹話王，但是認真起來真的無人能阻止。我們也收拾了背包就跟了上去。他已經把我們甩在後頭，我和沛嘉穿過雞場，努力追上林場的方向。阿肯本來有養雞的，但兩年前的撤村之後雞隻就全都不見了，應該是被人偷走。他就再也沒有養過雞。

我們進入了林場，跟上了阿肯。傍晚的太陽異常的刺眼，阿肯繼續往前走，越走越快，我還勉強跟得上，但沛嘉已經要小跑步起來才能追上。他繼續走，我們在他身後阿肯阿肯地一直叫。接著傳來村長的廣播，廣播聲已經遠到聽不清楚，只聽到他要大家立刻往避難所前進。阿肯繼續前進，我們已經走入林場深處。

雨開始了，太陽雨。

「後悔就回去吧，去開車。」阿肯對我們說。

「今天是維維十八歲的生日，值得為他而走。」沛嘉說。

「沒有你他已經成年了。」阿肯說。

「我是母親，我是他的母親。」

「也是殺手，殺死他的凶手。」

「我沒有否認自己是個殺手，你憑什麼否認我是他的母親？」

他們沒有繼續爭吵，我們越走越喘，雨也越來越大。我們已經渾身濕透。我們也越走越年輕，我和阿肯像是變成了小學生的模樣，快步地在林間行走，熟悉地跳過坑洞，鑽過草叢，這是我們每天上學的路徑。沛嘉緊緊地跟著我們，很快我們三個人一前一後，沒有誰要讓誰，像在比賽那樣，遇到平坦的路面甚至還加速跑了起來，努力往避難所的方向前行。

忽然沛嘉叫住我們。我們離開了林子，爬出護欄，站在一條產業道路的中央。雨勢非常大，雨水落在臉上什麼也看不清楚，整片山林像被吞沒。陽光卻還是依然激烈，然後忽然消失，又忽然出現，雨和光弄得我的眼睛非常不舒服。沛嘉說她聽見了聲音。遠方轟隆隆的，像有隻巨大的生物從不遠處逐漸近逼我們。

「大家都不要動！」阿肯吼道。我們都知道那聲音可能意味著什麼。阿肯的右手抓著沛嘉，左手抓著我，我們牽在一塊，面對即將到來的泥水滾滾。我們逃也逃不了。

「等等，」我仔細聽著那聲音，「不是土石流的聲音。」我聽著那聲音，地面有些顫動，我突然覺得那是一隻正在奔跑的三角龍。「靠路邊。」我說，於是我們靠在路邊站著。產業道路上出現了一個巨大的暗影，真的是頭三角龍，牠停頓了一會，嗅聞著空氣，然後繼續往我們的方向邁進。牠竟發出光芒，白色的光芒。

沛嘉忽然用力地跳了起來，「喂！」她呼喊著，「是一台卡車，快揮手！」

三角龍越來越近，越來越清晰，沒有角也不是龍，是一台軍用卡車，駕駛座上坐了一名青年，他看起來十八歲，眼睛一大一小，他沒有正視我們，只是安安靜靜注意著周遭的環境，並指示我們爬入卡車的後艙。

卡車啟動了，轟隆隆地，陽光又出現了。我看著他們兩人，陽光曬在他們的臉上，他們瞇起眼睛注視著遠方。阿肯就在我身邊，我們的身體依靠彼此，我聽著他的呼吸聲，跟著他的節奏一塊呼吸。「你們兩個真的很難辨。」他說。

（二〇一九）

狗的音樂

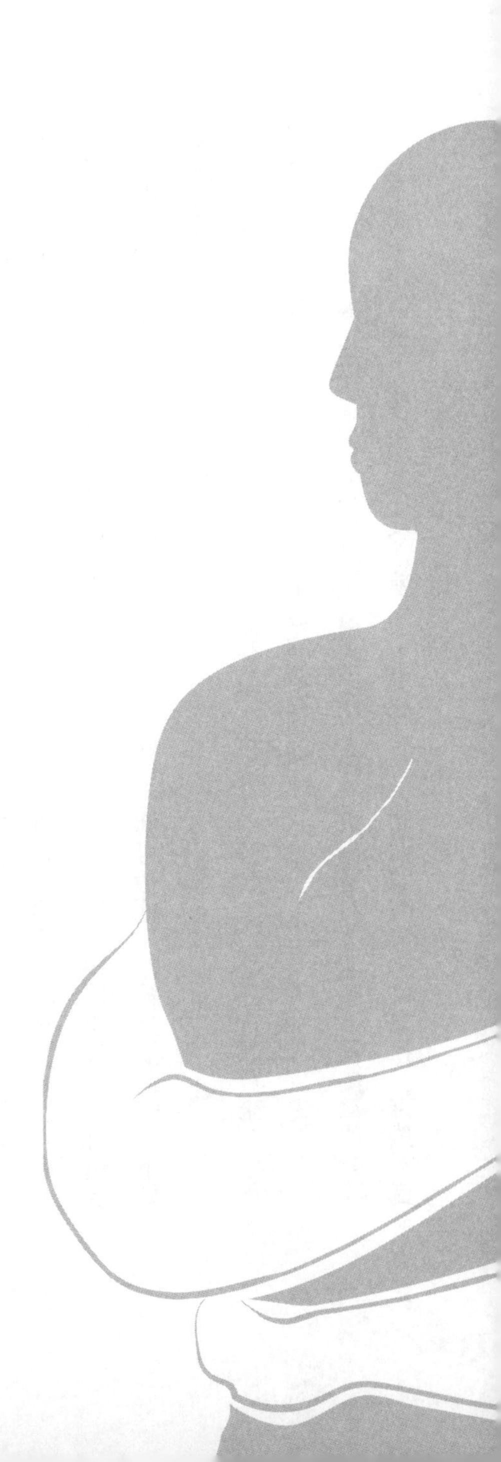

那天我想我應該是啟迪了李俊逸。

最後一節是游泳課，我從水面仰首，讓水自然流淌我的頭髮和身體，接著就看到他痛苦換氣，幾乎要溺斃似的，死命地划卻沒什麼進度，游泳老師在旁邊皺眉頭，幾次嘴巴張開開想評論什麼結果什麼都沒說。俊逸還是努力跟著我，體力很差的他總是慢慢游在我後面。全班都知道我們的事，上次幾個女生也安慰過他，他還邊哭邊說他是真心的，真的熱心地想幫我洗衣服和燒飯吃。

他對我的熱心，例如，這麼說吧，我是鼓隊隊長，凌晨四點鐘就要起床，五點至操場跑步，跑至六點後開始練基本鼓點，六點半要操練隊裡的學弟們。俊逸特地為了我也這麼早起，他家住鶯歌，每天都搭第一班電車趕來學校。大家也都知道我每天都有免費的三明治可以吃，都是俊逸準備的，我拒絕幾次之後也懶得拒絕，他總是要送的，不如就讓他送。

放學離開泳池，我總要一個人到夢湖練鼓。我揹著四音鼓，拎著熱食部買來的厚片奶酥和豆乳，後面就跟著俊逸，穿過午後的操場到湖畔去。

「你不要敲這麼大力。」俊逸的手撥弄湖水，我邊滾奏邊看著他，不曉得為什麼我從來不討厭這傢伙，他是那麼樣婆婆媽媽，跟屁蟲，一廂情願的情感自虐狂。雖然本質上我不厭惡他，但他這樣礙手礙腳的，還要讓我被懷疑是同性戀，想到這裡我忍不住對他說：「想開一點，都要上大學了。」

「那你要填哪一間？」他用一種虛弱的語氣問我，其實更像是在問湖水。

他就坐在我身邊，我可以看得很清楚他的黑色眼線還有水蜜桃口味的唇蜜，可能他也正看著水面的自己。游泳課結束之後他都要花一番時間在淋浴間清洗，然後再花一段時間在更衣室補妝、補香水。上學期的游泳課銜接音樂課，所以他每次音樂課都會遲到，然後每次吹法國號都會上氣不接下氣，音樂老師還幾次威脅要當掉他。還有他現在身上的毫無汙點的白色制服襯衫，他總共有五套，不分季節天天穿，全部都改成修身的樣式，然後他的領帶也總是整整齊齊，炎熱的夏日也是這樣，這麼別緻。

「你想要申請什麼學校？」他又問我。

我告訴他我會申請法律系，不確定要去哪個大學，但最好在台北，這樣離家比較近。

「我想讀英文系。」他的手還在撥弄湖水，這次他放了一片草，「我還在考慮要去輔大還是師大……」

「那我不申請台北的學校了！」我不知道為什麼很生氣。上了大學我才能擺脫俊逸，我才不要到了大學還要讓他跟在我後面！「我要去申請台北以外的法律系。」

「我也申請台北以外的英文系。」

「那我去澎湖！去金門！」

我用力在四音鼓上打出滾奏，四顆鼓全部滾過一輪。然後我將鼓棒指著俊逸的鼻子，天哪他真的是一個，怎麼說，天真而可憐的人。但是，「可憐之人必有可恨之處！」我對他說。

他的手在湖水搓揉著方才那枝草。今天的夢湖被夕陽曬得明亮，他的眼睛瞇成縫，我也跟他一樣把眼睛瞇成縫。然後我看到我們的公民老師，他穿著汗衫和海灘褲，在遠處的水邊慢慢走，手裡抓著他那支大蟲網和用意不明的大橘垃圾桶。俊逸也把頭轉過去看老師，老師對著他，應該是對著我們兩個，用力揮手，露出傻瓜笑容。他都已經五十歲，瘦巴巴的歐吉桑，家住信義區，卻每天瘋瘋癲癲，沒事就來高中湖邊要抓蟲，說什麼要做研究。其實他主要研究埤塘，常帶高三學生寫埤塘與社會的論文。可是沒人知道他抓蟲子和他的社會研究到底有什麼關係。

我跟俊逸說，我曾經和他有過類似的情感經驗，而我要告訴他我如何走過。他抬頭看我，認真地看我。

高一的時候我迷戀過游泳社的立武學長。以前就有人說過，高中時期的情慾容易迷茫，時間過了我們自然會回到男女情愛的正常軌道。我相信這樣的話，所以我就比較安心地每天都去泳池看立武學長。我知道我有一天會恢復正常。

我每天都要搭電車上學。從一座人潮洶湧的車站上車，然後在一座人少到沒有站務人員的車站下車。立武學長同我從人潮洶湧的車站上車，而且我們都搭最早班的電車。冬日的晨是又暗又冷的，我剛入學不太熟悉如何搭電車上學，都是跟著立武學長，那時我們兩人不相識，他也不留意我這高一學弟的上學跟蹤。我就這樣從入學的秋跟到冬。

要談冬，是因為那一個冬日清晨，天未亮，電車月台上除了我們兩個人，還有幾個睡眼惺忪要往台北去的上班族。這時一列北上的自強號唰唰過去，我手上飯糰的塑膠袋就一不小心要和它走，我奮力抓住袋子，這時月台傳來驚叫，我一看，鐵軌上有一團深色的肉影，兩大半，人的上身和下身。

立武學長站在我旁邊，他輕拍我肩膀，他說：「我們到後面去。」他比我高一些，早晨人還未完全醒，又被突來的自殺事件嚇到，立武學長的話語像夢囈，是虛的。又冷又暗的早晨月台，什麼都可能是虛的。

「不要怕。」

從內壢站到楊梅站總共十五分鐘。他說「不要怕。」我在那三個字裡度過了十五分鐘與他肩靠肩。

我確實不怕了。不再懼怕的後面有另一種感覺正在萌生，而我不懂那種感覺。立武學長不是特別英俊，可是他的某種能量吸引著我，我想我是「欣賞」他。那是愛嗎？男人對男人的愛真的是這樣的吸引感嗎？有人說，時間過了，我將不再迷戀同性，愛會趨於成熟，成熟的愛是男女之間的愛。

「他就這樣死了，沒有聲音，列車開過去後我才發現。」後幾日，我在電車上對立武學長說。我們開始會在月台聊天，然後在電車上一起打盹。

立武學長談著新聞上的說法，這自殺的男子認為人與人之間太過冷漠，沒有溫度，只剩下金錢和時間拉扯生命，他更不能忍受婚姻和家庭關係也為此冷漠。台鐵沒有因為他的自殺行動受到太大的影響，學長說，這男子的死亡訴求未引起太大的社會關注，是失敗的。

「原來自殺還有分成功和失敗的？」我問立武學長。

「大部分都會失敗啊。」他又拍了我的肩膀。

游泳社的練習時間是星期二和四的傍晚。我高一時練鼓的時間剛好也是那個時段，鼓隊的社辦在室內泳池的二樓走廊之末，被鼓隊學長訓斥完畢，做完伏地挺身，下午六點，我就帶著晚餐和打擊板到二樓的觀眾席坐著，面對泳池吃晚餐，然後戴上節拍器的耳機開始練基本鼓點。這個位置剛好看到游泳中的立武學長。他是泳隊裡相對精壯的，平常穿著制服根本看不出他的身形。節拍器調成六十，然後九十，一百二，他在水中的每一次划水的動作，節奏隱然對中我的節拍。打擊板的聲音是細弱的，我人又在二樓的觀眾席上，他往往要過了一段時間，才會發現我，然後和我揮手，接著又繼續他的練習。

我開始期待每天看到他，而他也變成我練鼓的動力來源，這是星期二和四的默契。立武學長喜歡和我聊天，我也發現他腦子裡也裝了太多奇怪的東西。那時候我們還在月台等電車，他說，他家住的那個社區有很多貓，到了晚上都不睡覺，常常到處翻垃圾和做愛。學長說他想要教流浪狗唱歌，唱搖籃曲，或是唱藍調。然後街上喝醉的男人女人們，要列好隊，跟著狗兒唱，每人領一瓶酒，一份鹽酥雞，然後用力唱，在巷子裡遊行。

「你可以去打鼓，揹小鼓走在最前面。」學長說。

那你要幹什麼，我問他。

「我負責發酒和鹽酥雞。」

他說我們要重複狗的音樂，讓夜裡的鬼魂聽了也會醉。音樂會越來越大聲，遊行的我們會越來越小，直到看不到。

「貓就會睡著。」立武學長攬著我的肩膀，幾乎讓我靠在他的肩上。

學長也和我談女人，他愛上了一個年紀比較大的女人。可是他並不曉得她是誰，也無從搭訕。OL是不會喜歡高中生的。

女人住在很多貓的巷子裡的最尾巴的公寓。她住在三樓，晚上他會觀察她走進公寓，有時候餵完貓才會上去，有時候是先上去再走下來拿食物給貓。女人從來不會看貓以外的人，當然也不會注意立武學長。那棟公寓很老舊，沒有電梯，女人走樓梯時，電燈從一樓亮到三樓，然後在三樓暗去。接下來三樓的某一處亮了起來，學長才知道女人住在那裡。

「你怎麼知道自己愛上她？」我問學長。

在談這件事時，我們已經走出車站要往學校去，剛好經過一處住宅區。學長說，這裡的住宅巷弄很像女人住的那條巷子，那時女人穿著她平時穿的風衣，米色的，然後戴著墨鏡，皮靴叩叩像要把他踩住。女人往學長的方向走去，從巷子裡要走出來，然後女人就轉彎了，往公車站走去。

「就這樣？」我覺得很瞎。

當然還有她的白腿啊，立武學長抓了我的頭。

後來立武學長保送了大學。他很高興，要我陪他走走，晚上他要請客。這一走，我們就走到湖邊。我也為他高興，我那時才高一，我羨慕考上大學的那種歡愉。

冬天的夢湖是看不到對岸的竹林子的。濕而冷的霧會淹沒湖面，什麼樣的生物都會在如此單薄的景色裡安靜。夢湖其實是以前的埤塘，水中無魚，而冬季自然聽不見蛙，也未有唧唧蟲鳴。

那天是星期五的黃昏。近晚的冬景好蒼涼，立武學長的臉剛好埋在早夜的陰影，露齒微笑也是滿臉蒼鬱。究竟蒼鬱的人還是我。

他拍了我的肩膀。「游泳，敢不敢？」學長再拍了我的肩膀，這次力量加大了些。我使力拍回去，拍在他的手臂上。「太冷了！」

他這次用拳頭要打回來，我一把握住。「來啦，游一下。」他說。立武學長的拳頭在我手中，我知道我掌握了他的所有力量。

他往我靠近，用力撞我，「看誰比較快。」他側視我，我就用力撞回去。可是我出力過大，立武學長竟然被我的力量撞倒。他倒在湖邊的草上，我忍住我的呼吸聲，然後他快快站起來要揮拳打我似的，我就先拉住他的兩隻手臂，畢竟我是鼓隊的，每天要扛多少鼓，泳隊的力氣是能和我比嗎？「太冷了！」我拉住他，結果我抱住立武學長。他也止住了，他胸膛的呼吸不如我想像中劇燙，我的臉剛好貼住他的脖子，我抓著他的體育服外套，隨時我都能扯下。

他用力把我放開。然後他對我露出好蠢的笑容，還不斷點頭。他脫去他的體育服外套，然後制服，他赤身在冷霧裡微微散發熱氣，他脫到只剩下內褲。

「你不跟我比賽，你就是沒種。」他丟下這句話，還有迷惘的我，就跳入湖中，一點猶豫也沒有。我看著他的形體像隻湖獸，他划水前進，水波讓他發大，而且越來越大，夢湖則越來越小。他隨時會變成巨大的湖獸，湖只是他的浴缸。

我發現我自己流了太多汗，卻口乾舌燥，這時立武學長已經在對岸的竹林，即使霧氣已經散了些還是好模糊。原來他一點也不龐然，那麼一丁點的白點就是他，接著他走入竹林，然後又從林子走出來。還是那麼小。他只不過是一個小小的白點。他對我說什麼話我都聽不著，夢湖的水霧阻斷你我之間的語言。

不等立武學長游回來，我自己就先離開了。學校往車站的方向有一條闊葉林小徑，從學校所在的山坡一路蔓延到山下的市區。這條小路上又冷又暗，這時我碰到要上山的公民老師。他喊了我的名字，我沒有停下來，可是走了不久我還是停下來。

公民老師陪我下山。他今天沒有嘻皮笑臉，不像課堂上那個幽默的他。老師還請我吃了飯。我心裡覺得憤怒，憤怒自己，又難過著什麼，我把一切都和他說。

老師說，我們要學著面對自己的性傾向，如果我有任何不確定或是任何困難，應該隨時和他說，他會很樂意幫忙的。我告訴他我哭不出來，我很難過，因為立武學長是我很好的朋友。老師說，這裡不是教會中學，基本上師生都能接受同性戀，性別團體也定時會到學校辦講座，我應該常去聽聽。我就跟他說，我才高一，我什麼都還不確定。確實，我其實是喜歡女生的，立武學長是一場意外。

隔天我蹺了一整天的課。我在車站的廁所換掉制服，我故意等往南的那班電車離開，然後我才走上月台。往北的電車駛入我就直接上去。那一天我在台北看了兩場我忘記內容的電影，在台北車站到處走呀晃呀，國中時第一次讀白先勇，內心有些震撼的感覺，現在我好像可以明白些什麼。

因為我刻意的遠離他，立武學長就也不太知道怎麼和我說話了，我們很有默契地會走上不同的車廂。即使下了車，也都很有默契，絕對不會一起走去學校。

某個傍晚，我趁著湖邊沒人，心血來潮，想著要擊敗立武學長我就渾身是勁，我下水游泳了，用力地游，想像他在我身邊比泳，他拍打出來的水花，他的身體，而我超越他。我游到了對岸的竹林，然後也走進那片竹林。因為湖水冰冷，赤身走在竹林裡反而覺得溫暖。這片竹林原來不大，竹林的後方竟就是農家和田。之後我感覺自己強壯不少。不僅是身體的還是心理的。我對立武學長不再有任何感覺。我用自己的力量克服了不成熟的愛。

你就是在那個時候想認識我的，我對俊逸說。

你還一直問我，我和那個泳隊的學長後來是怎麼了。你倒是觀察我們兩個很久了，你明明什麼社團都沒參加，卻常常到室內泳池報到。後來你告訴我你怕游泳，你放學後到泳池是為了看我練鼓，不是要看泳隊的男生。

「公民老師說我要面對自己的性向，我對你誠實了，我喜歡你啊。」俊逸又拔了湖邊的草，往水裡撥弄。

讀大學之後你會喜歡女生的，我告訴他。

的。

「我不知道。」

你會的，男人與男人這種不成熟的愛，會因為年紀的增加而轉為成熟的男女之愛

「上個星期同志熱線有來學校演講，我有問他們，他們不是這樣說。」

他們是他們，我很清楚自己和他們不一樣。而且我知道你也可以和他們不一樣。你看這宇宙，它有它既定的規則。有人會死，有人出生，生與死牽繫著繁衍的規則，你在這規律裡出現，你注定將遇到一名女子，和她繼續這樣的秩序。

「你真的不會申請台北的大學嗎？」俊逸又問我。

你真的很在乎自己會不會和我同個大學嗎？

「我現在想和你讀不一樣的大學，我應該學習獨立。」俊逸說。

真的嗎？讓我看看你的眼睛，唉呀，你是在講認真話。

他的眼神告訴我他是認真的。知道他喜歡我之後我確實覺得滿煩，我要甩也甩不掉。他又很喜歡坐在我的前面，上課還會不時回頭。尤其是英文課，他常常回頭想和我講英文。

有一次午休，天氣變得很悶熱，冬天又不能開冷氣，大家只能吹上頭的四個吊扇。

全班都昏睡著，只有我醒著不知道該怎麼在熱天裡午休。

這時有一隻麻雀飛了進來，啾啾著在教室上方飛過來飛過去，穿梭在那四個大吊扇之間。我心裡有一陣恐懼，讓我趴在桌上，不敢看那隻麻雀，只聽著牠的拍翅聲，突然砰一聲我猛然抬首，原來是麻雀撞到氣窗，還沒被大吊扇捲入。

忽然俊逸也醒了，他若無其事地握著我的手說：「快休息吧，你今天晚上還要練鼓。」我就用力把手抽開，用拳頭擊了他的頭。

我的舉動被走廊上經過的國文老師看到。她停了下來，看看我們，然後示意要我到教室外面。我以為她想指責我對同學動粗，但她卻要我和她到操場去散步。

我們走到操場時，太陽已經被雲層遮蔽，冷風又開始吹起來。

「你有沒有看俊逸這次全縣作文比賽的文章，他得第一名。」

我說我不知道這件事，也沒看過他的作文。

「俊逸因為身為我的小老師，常找我聊一些事，所以我知道他大部分都在寫你跟他，所以我才沒有念給全班聽。」國文老師話說得很慢，走操場的速度也很慢，她又一身白衣白裙，真像鬼。

「同性之愛本來就很痛苦，」國文老師低著頭，「老實說我可以體會俊逸的心情，我也愛上了有夫之婦，每天都要忍受她回去之後旁邊躺著一個男人的事實，可是我完全不能！完全沒辦法！我……」老師就突然在操場上哭了起來，我毫無準備。

國文老師接著就頻頻跟我道歉，說她昨天才剛和那女人分手所以很心碎，然後繼續說她覺得俊逸的作文寫得真好。

「年輕的時候可以同性之愛，」老師說，「可是到了某個年紀我們還是會回到異性之愛。喜歡同性是因為愛的不成熟，當愛還在慢慢發芽時，我們會迷戀同性，可能是為了獲得某種認同，漸漸的我們越來越大時，愛真正成熟了我們就會恢復到兩性之間的愛情。」

我看著國文老師，她才剛大學畢業，很年輕的樣子。接著她就說：「我從小缺乏母愛，我自己的愛也還沒成熟，慢慢地我會找到一個好的男人，然後我除了會是一名女老師，我還會是個母親。」

「請體諒俊逸吧。」國文老師最後這樣和我說道，我被她驚嚇到，我沒想到老師也是那麼情緒豐富的。那時的天是藍色的，我一直盯著天空。

因此呢，我記得我後來對俊逸說，你可以繼續喜歡我，但不要再和別人說了。

我相信國文老師做過正確的抉擇，而我和立武學長永遠地中斷聯繫之後，我愛上了湖泳。一開始我趁著無人的時候下水游泳，後來我就乾脆也不管湖邊是否有人，繼續游我的泳。我們的高中不知道是不是太自由，沒人禁泳，老師還會跟游泳的我打招呼，尤其是公民老師，他常在那裡抓蟲。

星期四晚上我練完鼓，天已經黑了。俊逸這時收了書包，離開對面的觀眾席。看見他要離開，我才開始收東西。我發現有個學長在更衣室附近看我，像要和我打招呼，我沒看清楚他是不是立武學長，但想到這裡我就已經被激怒，快步走出去。

當天的氣溫持續驟降，我像個瘋子往夢湖走去，心裡想著立武學長的憨笑，每走一步路就脫一件。牙齒凍得發顫。我想像自己是那個臥軌自殺的男子，然後我就有了更多的勇氣，用盡我的所能跑向湖水，忽然那劇烈的冰冷將我凍住，刺骨的疼痛傳遍全身。他的身體裂成兩半，我覺得我的全部聚合在一起，用力地往內壓縮。

湖水變成黑色的果凍。天空和竹林都凝結成一塊一塊。我無法掙扎。我一使力，我就越往下沉。夢湖不深，此刻我卻被這果凍逐漸往內吞噬。果凍那冰涼的肉在我大口呼吸、叫喊時塞入我的體內。我的眼、鼻、口被強行灌入，我激烈的呼吸讓我吸進更多四周的漆黑，我到處抓，忽然我抓住果凍中的物體，感覺有股力量把我拖著走，再抓，就是一大把泥和草的溫暖，湖邊的路燈。

俊逸，只穿著一件三角褲，我手上緊緊抓著的是他綁成一條粗繩的制服外套、襯衫、西裝褲、領帶、圍巾……。然後他緊緊抱住我。我們都沒穿什麼衣服，可是我沒力氣推開他，他雖然瘦小，可是好溫暖，我也緊緊抓住他，我需要他的溫度。

從此以後我和李俊逸的關係不一樣了。我不再排斥他靠近我，同學也早就知道他對我的感情。班上的輿論主要都在針對我，認為我應該對俊逸友善一些。奇怪的是，卻沒有人勸俊逸放棄這種不可能的單戀。

夏天，窗外颳著雷雨，立武學長畢業了，我知道我得到了解脫。

昏暗的教室裡，美術老師正在說明奧地利畫家克林姆的《吻》。我不曉得我為什麼會被這幅畫給吸引，畫面中一男一女的擁吻如此扭曲卻幸福。那男人是那麼高大，女人如此嬌弱。我覺得成熟的愛，可能就是那個模樣了吧！

教室外這時就喀啦喀啦下起冰雹，風一吹，喀啦喀拉細碎的冰砂就衝擊著玻璃窗，大家都異常興奮，連老師也都擠到窗邊去看這奇異的天氣。

「好涼快啊！」大家都離開自己的座位。

我獨自一人走到教室的前方看著投影幕上的《吻》，這時俊逸走過來問我：「這幅畫有給你特別的感覺嗎？」

我說是的，然後窗外的喀啦喀啦又更大聲了，教室裡都是興奮的尖叫聲，窗邊的同學把窗開起，風一陣過來嘩啦啦的，細碎的冰就掃了進來，還有一陣一陣比冷氣還涼的風。有人拿起杯子開始收集冰塊。我說是啊。我在心裡想著，俊逸會來參加我的婚禮，我也會去參加他的婚禮，我們會有自己的家庭，成熟的愛，到時候我們會一起緬懷今天的這場冰雹。

所以我把話說回來，俊逸，你是我重要的朋友，我知道你會恢復正常的。你摸摸旁邊的這把草，還有這把泥土，就摸吧！你看現在雖然是冬天這裡還是有一些螞蟻。甚至還有瓢蟲呢你看。生命就是這樣不斷繁衍下去。你可以問問公民老師，他在這些埤塘做研究這麼多年，看過多少蟲，多少鳥。自然萬物都是靠著一種規律在演化，還有你看，今天居然看得到這麼多星星，原來天已經要黑了。公民老師也不知道什麼時候離開了。他應該已經抓了一籃的蟲或是拔了很多野菜要回去做研究，他大學明明讀社會系，唉。話說回來，我要講的是道，就是天地運行的「道」。人類的身體和心理是和這宇宙天地一致的，我們才十七歲，還在發展自我的靈魂，你迷戀我，我迷戀過泳隊的學長，是因為我們都會欣賞同性，藉由欣賞同性我們開始慢慢使愛成熟，有朝一日有女人會走進我們的心裡，從那條，也許就是那條有很多貓的小巷子裡走出來，她有一雙美麗而且性感的白腿。到時候你會知道。

「好了，我已經懂了。」俊逸，他站起來。夜裡，只有蒼白的路燈，我還是感覺他渾身散發熱氣。他的語氣聽來不妙。

「你怎麼了？」我緊張地站起來，我想他是不是生氣了。

「請你把衣服脫掉。」

「什麼？」我訝異地看著他。

李俊逸脫掉他的外套以及身上的一切。然後褲子，接著內褲，露出白皙纖細的身軀和陽具。他的身體潔白得像月亮一樣在夜裡發光。他不畏懼我的目光，也不擔心湖邊是否還有其他人。

「脫掉你的衣服。」

我還沒弄懂他想做什麼，他就一步一步往湖水走去。

「李俊逸！你做什麼？」我嘗試要阻止他。

但是他只露出一顆頭，俊逸的面容凶狠，他說：「我跟你比賽，看誰先游到對面。」我聽得出他在顫抖。夢湖也在顫抖。

我也把衣服脫了，但沒脫內褲。然後我也下水，湖水的冰冷又如那次溺水，好刺。

我逐漸調整自己激動的呼吸，還有盡量讓自己放鬆，但這時俊逸已經要往前游去。

我輕易地游過他，但是我不想贏他，我在冰冷的湖水中靜止著並盡量划動四肢以防失溫。我看得出他用力地划水，可是移動的速度非常非常慢。因為他不太會換氣，始終把頭挺在水面上，非常吃力。我看不見他的表情，他拍打著浪花，隨著他越來越靠近我，浪花也一波波噴在我的臉上。我又繼續往前游，然後又再慢慢等他靠近。

「他媽的！」俊逸大吼。他還是繼續游，他不應該說話的，他無法調整自己的呼吸。

「你不要講話，慢慢游！」我對他說。

「他媽的，你不要讓我！」他接近我的時候，用力向我潑水。

我不理會他，游了一些距離後又停了下來等他。

「你不要等我！我不准你讓我！你趕快游！」

我已經離岸邊很近了，再游我就贏了。

突然湖邊唯一的一盞路燈滅了。我們被黑色包覆。

夢湖這時真的就像是巨大的黑色果凍。唯一在動的只有俊逸。其實俊逸看起來也不像在動，那水花就真的是一朵夜裡湖面上的白色荷花，是靜態的。天上的繁星點點，輕輕的一點水霧，這黑色的夜把一切都凝固，把一隻飛來的蛾凝固，把麻雀凝固，把湖邊談心事的少男凝固，把所有荒謬的夢給凝固。

「你為什麼要讓我？」他先抵達了竹林子。他正大口喘氣。

我說，我游累了，很冷，贏的人是他，不是我。

「我不愛你了。」他說。他全身赤裸地說，白色的皮膚上沾黏泥土和草，他說他不愛我了。

我心裡沒有一丁點的難過，我說很好。

「請你來參加，他媽的，」他爬過來抓住我，我的手臂被他抓得好疼，「他媽的，我要找女人幹，他媽的，我要操女人，我要找女人結婚然後組一個家庭，你給我來參加婚禮。」

我輕輕拍他，要他放開。

「操機掰，你給我來參加我的婚禮！」

那盞路燈又亮了起來，港口的燈塔般，我這時聽到狗的音樂。

我不知道俊逸是否從此清醒。可我想要拉著俊逸一起去排隊，領一瓶酒和鹽酥雞，就什麼都不穿，學著狗的音樂又哼又唱，這樣子貓就會睡著。

那天我想我應該是啟迪了李俊逸。

（二〇一五）

神木

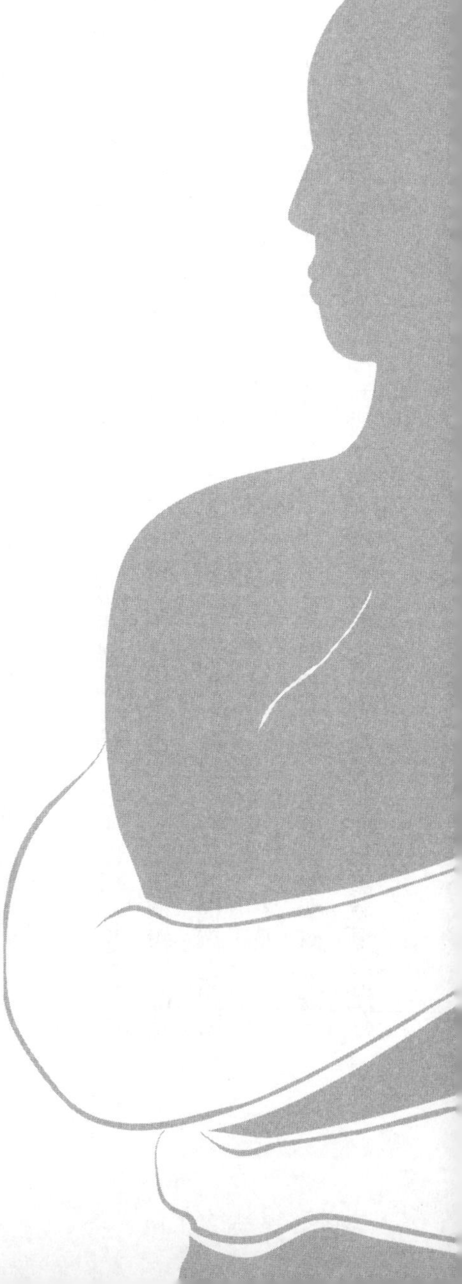

母親囉嗦地把我從床上挖起，嚷嚷著說她的皮包居然磨破了皮，很醜，反正她就是要去商場買個新包，要我趕快起來吃早餐，說我是個少爺居然可以睡到十點還要人伺候早點。早點是超市買來的優格配碗皮蛋瘦肉粥，她繼續嘮叨，說優格都要放溫，粥都要涼了，要我先吃早飯再刷牙。

我手伸進內褲整理勃起後的包皮，然後我習慣先滑手機。她一離開我就摸包皮滑手機。手機電量滿格，顯示氣溫十八度，降雨機率低，空汙指數適中。新聞標題速速滑過，南部有公車司機救了一名孕婦、無頭公雞在廚房奔跑、行動電源爆炸險釀傷亡，然後是一則學運新聞，學生團體深夜發表聲明，表示占領活動持續。接著母親用力在門上拍了一下我才關掉手機。臉書都還來不及打開。

她就是這樣焦慮的女人，對整個太慢太細碎的世界過敏。她對公寓的電梯過敏，因為電梯太慢，七樓、六樓……她一直按開門鈕，指頭下發出黃色的光，斷斷續續閃閃發光如剛穿破大氣層的古老塵埃那般摩擦出怠慢又瑣碎的光波。我目送她騎著機車離開國宅廣場去買她的皮包，然後就準備要回學校圖書館準備多益。

往學校圖書館的路上會經過一條炒飯街，開了好幾間炒飯現在陸續開始準備午飯，油煙四溢。大學將近要四年的時間我幾乎天天經過炒飯街，直到暑假前我才發現這裡有神木，市中心唯一的神木。是紅告訴我的，他從小就住在炒飯街後的社區。他說從來沒人發現炒飯街上有神木。有個植物學家對他說過，這城市還是一座湖泊的時候這棵樹就已經存在了。那是多久以前的事了呢，有三千年了嗎？神木已經斷頭，還是比周圍的公寓樓房高聳，褪了色，挺融入老公寓水泥和冬季霧霾的色調，比電線桿，比路樹，比炒飯街的娃娃機台都還要卑微。

有次我盯著神木，它好像剝落了一塊玄青樹皮，掉入我的眼睛裡，直直扎進我的心頭。在那微微疼痛的窟窿裡，樹皮變成了一艘木筏，在輕煙裊裊的水面航行，有道光就在水面下方，我不曉得那是什麼，但光不讓人覺得溫暖，只覺得吵，像浪一樣，不斷拍擊所產生的噪音。

可外頭的世界卻是安靜得不得了。這陣子我最常聽的聲音也是樹，大學裡的每一棵樹都很古老，很吵，每一棵都有話要說。松鼠也是，圖書館裡的空調，舊醫學院門廊聽見的儀器滴答聲響，風灌入中庭形成的回音。我很想逃離這裡，我不想畢業，我不想考英文，我覺得我快速地變老，只要人類越吵，世界就越安靜，我越老。突然間我很想知道自己可以多老，所以打開手機要下載把臉修老的軟體，這時我才發現我有紅的未接來電好幾通，以及一則訊息。他希望我能和他見面，有件事情他需要我幫忙。我回他貼圖。他想見面的地方在神木前的小公園。

那是座尋常的社區公園，神木就在公園後方類似防火巷和公寓垃圾處理區的交界處，絕對不會有人注意到的角落。小公園一陣風吹來，幾片細嫩的樹葉吹落在石階地板。紅就坐在公園遊戲區的椅子上。

紅白天上課，晚上在婚宴餐廳上班到半夜，但他的臉頰竟還有些豐圓，嘴唇也依然是健康的紅潤。他看著我，這時我會畏縮，因為他隨時都在生氣，隨時都在憤怒。可他不是那種什麼都抱怨，什麼都埋怨的人。是某一種氣場，自然地從他的身上散發出來的，隨時都在防禦和準備進攻的原始生氣，強烈到他只要看著我，我就能感覺得到。而我覺得受威脅，卻也覺得安全。

我一直都好想知道，他到底有什麼弱點。到底有什麼能傷害他的心，他如此堅不可摧，那麼我要如何讓他傷心呢？我唯一能做的，只是刻意地疏遠他，並在獨自一人時因為想起他而難過。最終我傷害的是自己呀。

他說生活難過，食物乾脆也少吃了。

「你不餓嗎？」我問他。

「餓到一個程度，就不餓了。我感覺自己接下來什麼食物都不需要了。」他的聲音低沉，每個發出聲的音節都像一團小火，醞燒著空氣。我覺得有些熱，把夾克的拉鍊拉下。

「你都餓到出神了。」我說。

「我跟餐廳請假，有人幫我 hold 住，我暫時不用回去。」

「你想休息嗎？」

他冷笑，「想。」他撥著瀏海，「你記得去年父親節我們在幹麼嗎？」

我記得。城市充斥聲音，鳥的，土的，捷運的，皮鞋的，垃圾車的，紅的笑聲。

我記得，去年的父親節我們在城市的河堤橋下，來往的車流在我們頭頂上的橋上劇烈地搖撼著，河反而靜如死水，蝙蝠在橋與死水間飛舞著。我們看著彼岸的燈火，不只我跟紅，還有其他人，其他和我們一樣快樂的人。我們當時如此快樂，辦了讀書會，為文字感到興奮，覺得哲學好刺激，復古地想像戒嚴時代的讀書會勢必更浪漫，我們幻想著自己在知識和思想中會遭遇的危險，幻象帶來青年對時代的悲憫，這種悲憫最終成為愉悅，所以我們需要酒精、香菸。我們不會喝酒，只知道純飲伏特加和啤酒，不會買香菸，幾個人站在超商櫃檯隨便點了幾包沒看過的買回去抽。

然後我們買了六寸的蛋糕到河堤邊去吃。我哭了，可能是酒精，可能是快樂，總之我哭了。紅抱著我，他沒說話，他的身體如火，熱到我的臉上除了淚水還有汗水。我說今天是父親節，我們都沒有回家過父親節。「我們買了父親節蛋糕。」我說，「要切給誰吃啊？」我想起兒時父親的背影，遙遠，非常遙遠，他在我身上留下的傷口也已經非常遙遠。

紅沒說話。

「我爸會打我媽。」有人說。「我爸坐牢。」有人說。「我的左耳聽力受損，我爸打的。」又有人說。「為什麼？」有人問。「因為我是gay。」他回答。「我爸在我國中時把我的頭髮剪掉。」有女生說，「因為他不爽。我根本不知道他在不爽三小。」

「我忘記我對我爸的怨恨是什麼了。」紅說。

「我也忘記了。」有人附和。

「可是我希望他死。」紅說完，像發生無聲的爆炸，眾人無語，我的汗水乾去，微風送來河水的腥臭。紅拿起刀把蛋糕切分，我們買了父親節蛋糕，然後把整塊蛋糕分食，慶祝父親遠去，父親不再是噩夢的父親節。

「去年父親節我詛咒了我爸，我希望他死。」紅冷笑著，我盯著神木，神木上歇著麻雀。

「所以他真的死了。」我隨口說，這時我發現他也盯著神木不說話，「所以他真的過世了？」我看著他。

「一段時間了，都我媽在處理。其實我們都不想處理。」他的聲音平靜，我試著想要握住他的手，但他比我先牽住我的手，「我不難過，只是覺得很累，人死了真的很麻煩，很多事情要處理，他要是活著有多好，他只要安靜地待在房間裡不發出聲，我絕對不會幹屌他。現在他卻掛了，還要幫他處理一堆狗屁東西。」

「你不要老是幹屌老人家。」

「只要他開口對我講話基本上我就是開幹。我不准他跟我說話。」

「我不知道我現在看到我爸，我會不會對他開幹。我根本不知道他去哪裡了。」

「我需要你幫我忙。」他摸著我的手心。

我抽回我的手，「我最近要準備考試。」我心裡冒出了一種直覺，我彷彿抓住了他的弱點，我想要讓他傷心，我想要讓他難過，我想要他失望地對我說：「好吧。」我想要他回去婚宴餐廳時，路上他會邊走邊哭，一邊懊悔他沒有好好把我留在身邊，懺悔自己沒有珍惜我們的友誼。我甚至帶有一種盼望，就是我將目睹紅的脆弱，我將看見他最軟弱的時刻。我告訴他：「我不想幫你。」

「可我需要你。」他說。他的聲音聽起來可悲。

「可我不需要你，我不需要你。」我說。

「踐屁踐。」

「對，」我點頭，「我就踐。」我還有更多話想說，「你就不踐。」但是我就是說不出來。

紅低著頭皺眉，「你聽我說，仔細聽，我不要你用耳朵聽，我要你打開你的心，用你的心聽……」

「我為什麼還要對你打開我的心？」

「你就聽就好，我需要你。」他看著我，眼睛裡泛淚，「你真是他媽的踐，」他笑了起來，我也忍不住笑了起來，「你就是二十一世紀最踐的那個雞掰人。」

「我不要承諾。」

「你是我很重要的朋友，我們做過好多事，」他說，「我們一起成立性別社團，我們一起辦讀書會，我們一起走了這麼多路，辦營隊，辦訪調，你還記得你過年時跟我去車站發麵包給遊民嗎？」

我刻意發出冷笑，「不只我們，不是只有我們兩個。還有小海，還有多嚕嚕，他們做得更多，比我還多，你看他們這幾個月都還在弄讀書會，我呢？我要去圖書館準備考試。我根本沒有能力參與你們這些知青的活動，反正我就懦弱。」

「你跟我，我們做得更多，在床上，在森林裡……」

「可是你要工作。工作起來就是沒時間陪我。」我說。

「我需要你。」他嘆著氣，「我家跟你們又不一樣。」

「是我要太多了。我要得太多。」我說，心裡出現滾滾落石，牆在崩塌，「我就是一個二十一世紀的社畜。我就只想要找一個伴侶，就只想找一個人好好共同經營生活，住在離菜市場很近的老公寓，陽台種花養鳥，我們偶爾騎機車上山，平常可以煮飯，然後一起窩在客廳看電影。去他的什麼偉大理想，我只要白天上班，晚上甜蜜。難道二十一世紀的生活不應該是長這個樣子嗎？」

紅笑著看我。但我說得沒錯，而且紅是我想生活的唯一對象。我不希望他和我之間只有性。就說我貪吧，我要得更多，我不只要性，我還要紅和我一同成家，窩在一起，小倆口一起去倒垃圾，去夜市。

這時神木前的遊樂設施搖搖馬忽然自己搖了起來，幅度忽大忽小，另外兩隻搖搖馬完全靜止。「這神木裡真的住著一個神。」紅說。

「鬼吧。搖成這樣。」

「心中有神，就有神。」紅說。

「我心中就是有鬼。」我說。整個城市充滿人，充滿聲音，也必然充滿鬼，充滿沉默，鬼也是一種人而且充滿鬱悶，正如沉默也是聲音而且我們聽得見沉默。這城市可以吵得不可思議，卻又在某些時刻或某些角落靜得出奇，不管人鬼神，都只是二十一世紀社畜的背景噪音而且聽久了都令人喪志。

「我爸今天火化，我需要你陪我。」紅突然說。

「我要準備考試。」我不知道如何回應。

「傍晚要去撿骨。」

「我還要寫一回題本。」我回想著紅的父親，和紅同個模子印出來的，老了許多，紅老了也會是那樣蒼涼嗎？

「我下班的時候，在餐廳拍照打卡用的南瓜車裡睡著，然後我夢到我爸，」他說，「夢裡我們在玉山，路邊有積雪，我用積雪堆了一個很醜的剉冰雪人，我爸把我抱起來，他說他很愛我，他抱著我轉圈圈，說他真的好愛我。

「然後，我就問他，那你會不會離開我，你會不會死掉。他說不會，他說他不會離開我，而且他也不會死掉。」紅終於掉下眼淚。「反正我就醒來，他根本不可能對我說那些話。」

搖搖馬停止搖晃，光透過雲層撒了下來，神木的顏色變得更加黯淡，前方的公廁有個老人在拉筋。

「你需要好好跟他說再見。」我告訴紅。

「怎麼跟他說再見？我什麼都不想說。」他思考著。

於是我們進了公寓。紅的家位在公寓的六樓，我來過幾次了，卻不曾進去他父母所住的主臥室。紅的母親還在納骨塔，所以我們直接開門進去。房間比我想像中的還寬敞，還整齊。雙人床上的床單一點皺褶也沒有，木頭地板亮得發光，穿衣間微微敞開，可以瞥見裡面的衣服都照顏色分類妥當，幾件白襯衫顯然是他父親的。梳妝台的鏡子也非常潔淨，從裡面看見的我和紅，比真實的我們都還要真實。

紅脫去自己黑色的上衣和圍巾，從後面抱住我。我轉過身，把臉埋進他的脖頸之間，熟悉的味道和溫度，即便是現在，我還是可以感覺到他那躁動的心靈。我們在雙人床上躺下。紅說，小時候做噩夢都會爬到這裡，把自己埋在爸媽中間。那是他還很小很小的時候，在父母感情還不錯，還未欠債的黃金時代。他懷念那段黃金時代，沒有奇怪的電話騷擾，沒有瘀傷的母親，沒有哭泣的房子。

他瑟縮在床鋪中央，顫抖著。我跨坐在他的身上，我從未看見他如此軟弱。「你工作這麼久，都不餓嗎？」

「餓到沒感覺。」

「我想吃秋刀魚，」我壓低聲音，「我想吃紅燒獅子頭，我想要把奶油塗在烤麵包上然後大口咬下去然後感覺奶油在嘴巴裡化開來。」

「你真的很賤。」他虛弱地說，然後把臉埋入枕頭，露出他光滑的上背。

我親吻他的後頸，然後在他耳邊繼續喃喃我想要吃烤牛排，撒上玫瑰海鹽，然後要吃鮭魚親子丼，還想吃炸雞，薯條，洋芋片，我說我要到夜市去，義無反顧每家攤販都吃，吃到月亮高掛天邊，吃到月亮分泌出它內裡甜甜的蜜餡，烤香腸，烤魷魚，章魚小丸子，我還吃炒麵麵包，然後一路吃到早上，到市場再喝一碗牛肉湯配豬血糕。

「那你吃我。」他轉過身，把我壓上他瘦瘠的胸膛。他的聲音已經更加病弱許多。

我靠著他的胸口，他的心跳越來越快。「我想吃苦瓜。你想吃苦瓜嗎？」

「可是我戒掉苦瓜了。」他說。

「我戒不掉你。」我用力咬了他的乳頭，他沒有尖叫也沒有把我推開，而是閉上眼睛。我再次咬住他的乳頭時，我也閉上眼睛並進行了一場時空旅行。人的腦部本來就有時空旅行的內建機制，不是透過物理性的穿越，而是透過情感記憶連結過去、現在和未來。情感觸發我們和過去的某一段橋梁，把我們勾引過去，無法自拔地，甚至我們還能因此預見將來。

我回到十七歲那年，我到一個到處都是埤塘的鄉下讀高中，晚自習後夜通常很深了，等末班電車前通常還有很長的時間可以散步，我和排球隊的學長就在埤塘邊散步。他撿起一根樹枝，往埤塘的方向丟去，街燈下埤塘像個大嘴巴，吃下所有蠅蟲和人類的孤寂，也把學長拋去的樹棍吞下，毫無回應。我們繼續沿著埤塘走著，我忽然覺得那座埤塘就是我的理想，我想跟學長走完一生。那股慾望被我帶進大學。我常常想起埤塘，時間是深夜，我牽著丈夫的手和他散步，然後他也會撿起樹枝或石頭丟下埤塘。那股慾望也帶我來到了未來，沒有戰爭，沒有苦難，真正幸福而無人孤單的人類世。丈夫的臉孔越來越清晰，是紅，是他沒錯。

「男人在奄奄一息的時候是最有性慾的時候。」紅說，「我餓得越久性慾就越強。我就越想傳宗接代。我餓太久了。」

「這就是你需要我的原因。」我說。

「我愛你，愛到可以讓你的每個精子都願意為我成為卵子。」

紅射了出來。那液體是如此滾燙。我看見婚宴餐館的廣告傳單分飛，上面寫滿紅的聲音，他的孤獨，他的自私，還有他的無私，而我成為了二十一世紀標準的社畜，用力吸吮他帶來的一切並且毫無怨恨，全心全意地包容他。我看見蝙蝠成群飛過死去的河水，然後通通變成寂靜的一片噪音，聽不見的噪音，祥和寧靜卻讓人不安而焦躁。他昏了過去，瑟縮成嬰兒的姿態，全身發光，他的汗水和我的口水讓他像剛出世的潮濕嬰孩，他的臉部放鬆，安詳地睡著。我知道他也穿越了時空，回到他的黃金時代睡在父母的中間，平靜而無恐懼，世界是如此無害。

口交完後我一直喝水。精液在嘴裡不久便流進喉嚨，竟然有些燒灼感，我打開廁所的門，嘴巴對著水龍頭，嘩啦啦不停地喝不斷地吞水。喝到肚子很脹時我才停了下來，看著紅，他醒了過來，他有一把瑞士刀，他拿著刀玩，一把一把抽出來，再收回去。夕陽曬入房內，刀片發出紅色的光，然後我又繼續喝水，持續喝了好多水，自來水的氯氣沖淡了紅的味道，我像在游泳池看得到性感的愛人卻聞不到他身上的氣味。冰涼的水順著脖子一路到胸膛，這時他問我，你不怕變老嗎？

「那你怕嗎？」我問他。

「很怕。」

「你會變成要為家裡背債的人，你怕你這一輩子就只能到處打工漂泊。」我說，「沒什麼好怕的。」

「你會怕變老嗎？」他繼續問我。我不曉得該怎麼回答他的問題。於是我把廁所的門關起來。

「我幫你煮茶。」他從門外說。

我坐在馬桶上，盯著他母親的乳液，然後我從主臥室的廁所的馬桶看出去，我忽然理解為什麼紅會注意到神木的存在。神木在這窗口裡是唯一的景物，焦黑的樹頂構成一幅完美的畫，完全讓人忘記這城市的存在，好像這裡隨時都可以是山野。我望著那焦黑的神木好長一段時間，我感覺它泡在一片埤塘裡，然後我在埤塘邊歇息著。

「我剛剛其實作了一場夢。」他又回來了，隔著廁所的門和我說話。「我夢到我在吃烤肉，射完後他媽我更想吃烤肉。」

「走啊去吃啊，反正你今天不用上班，烤肉我請。」

「不行啊幹。」他的聲音又遠了。

他真的在泡茶，熟練地燒壺，倒水。我學著他拿杯子的方法，學他聞茶，學他啜飲。他談起最近的一本印尼的小說家，還有他重新發現的舊俄文學也讓他想重讀維多利亞時代的小說。我學著他歇茶碗的姿勢，盯著他手腕上的青筋，接著他又拿出燒酒，我們喝酒。我也學著他的喝法，一口吞下，已經茶醉，現在更是頭暈目眩。

他的母親打了通電話過來。父親已經火化了。他缺席了所有的儀式和過程，現在只剩下撿骨入罐的儀式他必須出席。「這是為什麼我需要你的原因。」

「我已經幫你打出來了。我才不要看你爸的骨灰。」

「你看不到啦。你要在撿骨的外面等我。」他滑開手機。

「我不要。」

「我已經沒有力氣了，我需要你陪我。」他現在說起話來精神抖擻，「就是我爸的最後一程了，拜託你陪我。」

紅的父親所在的納骨塔在城市的另一端，汽車開了將近一個小時才抵達。這裡近山，煙霧繚繞，有些是秋冬季節的水氣，有些是納骨塔冒出來的煙霧。紅的母親坐在走廊靠近電話亭的椅子上，只看了我們一眼便又繼續低頭和她的越南姊妹說話。看來我們還得等一段時間才能撿骨。

我們走出納骨塔，然後走進一旁看起來都在賣供品的雜貨店。雜貨店的店員看起來很年輕，比我們都還年輕，她對我們說歡迎光臨，她對我微笑，不知道為什麼，她的微笑給了我一種奇怪的勇氣，我跟在紅的身後，我們走到了放置神像的走道，有佛，有菩薩，我親吻他的嘴唇。

「在眾神的面前。」他說。

「你相信神嗎？」

「你覺得呢？」

「你目中無人，」我說，「你心中更是無神無鬼，」他背後的觀音莊嚴地凝視我們，「你壓根看不見任何人，任何鬼神，所以你才能變成今天這個樣子，明明心裡有很多憤怒卻不能和以前的你一樣到處發洩。你以前多勇敢，多激動。是你教我出櫃，是你教我怎麼看待世界，是你告訴我要永遠跟隨內心的悸動，然後我什麼都還是沒有學會。我到底學了什麼？」

「你就是和這些人一樣相信有神。你們從來沒有搞清楚我們就是神本身。」他繼續走著，「如果沒有人，哪來的神？我們依照自己的形象創造這些神，你看看架子上的這些神，我們依照自己的模樣設計他們，你看，他們還有價格呢，你真該看看祂們在工廠生產線的那副德性。我自己就是自己的神。」

「只有我看過你脆弱的樣子。」我跟上他。

「不，你沒有。」

「那你為什麼需要我？」

「我不需要任何人。」他繼續走，頭也不回。

「你需要我。」我說完就離開雜貨店。雜貨店面向寬闊的公路，公路外就是縱谷，我感覺自己渾身是汗，我忽然有個衝動想衝出護欄，也許我就能飛起來，變成蝙蝠，無聲無影穿越整座城市。方才的店員走了過來。

「借我看一下你的手心，」她說，我毫不猶豫地把我的手心給她，「左手。」她命令，「你剛進來的時候我就發現你不太一樣。」她的聲音聽起來比年齡又更加年幼，像個國中少女，「你是個聰明的人，也是煩惱的人，勸你不能老是用一貫的小聰明面對你的人生。」她微笑。

「算一次多少錢。」

「你和我的緣分就是兩百。」

「我只想問你一個問題，」我把兩百塊給她，「你怕不怕變老？」

「為什麼要怕一定會發生的事情？」她微笑著。這時我看見紅在櫃檯和另一個歐吉桑結帳，他提著一袋東西出來，我走向他。「你沒有別的問題想問嗎？」女孩追問。

「今天會下雨嗎？」紅代替我問她。「看起來應該是不會下雨。」她繼續盯著遠天的雲層。

「我好希望今天下雨。」我說，「你不應該怕老，因為我們都會老。」

「你就不能繼續讓我怕老嗎？」他說，「你聞聞看這空氣。」

我聞了空氣。

「很像在辦烤肉趴。全是燒烤的味道。」

「這裡是燒骨灰的地方。」

「所以很奇怪，我們聞到的真的是燒人肉的味道嗎？你覺得他們正在燒我爸嗎？」

「我覺得應該不是真的在燒骨灰的味道，搞不好旁邊有小吃什麼的。」

「如果有的話多好啊。我聞一聞就肚子餓了，所以我買了一堆供品。」

「這些供品還不是給你爹的。」

「他都被燒光了，吃屁喔。」

「吃屁吃喔。留給你爸啦幹。」

我們回到納骨塔裡時，正好輪到紅和他的母親要去撿骨入罐。我坐在電話亭旁的椅子等待他，手裡抱著他買的供品。門口迎來的一位和尚，他走到門邊，對著空氣說話，表情嚴肅。他說完話，安靜地聆聽空氣，全神貫注，好像那兒真的有個正在和他訴苦的人。「放心吧，」我聽到他說話，「他已經不痛了，你要祝福他，他已經到很安全沒有苦難的地方去了。」他說完了，和空氣中的隱形人鞠躬道別，他走進門，然後往樓梯口去。

又傳來了香噴噴的燒烤味道，我肚子餓得疼了起來。這時紅也走出來了，「你沒有偷吃吼？我快餓死了，這裡讓人好想吃東西，你看。」他打開手心，手裡有個灰白的小石子。

「幹，這三小。」

「我爸的牙齒啦。」他說，「居然沒有被挑乾淨，他的亡魂要來吃他的子孫囉。」

「把它丟掉啦，靠。」

紅把父親的牙齒放入口袋，「可以紀念一下。我媽等下會處理其他事情，我跟她說我要趕事情。」

「所以我們要走了嗎？」

「走吧。」他起身。

「供品怎麼辦？」

「我們到外面吃。我現在叫車。」

「不是啊，你爸怎麼辦？」

「他牙齒都掉了是要吃三小，」他笑道，「我這買給我們吃的啦。」

我們離開納骨塔，到對街的公車站椅子上坐著。他打開一包巧克力消化餅，然後大口大口地嚼了起來。

「你吃慢一點。」我說，但我自己也是餓到一口吃掉整塊消化餅。

納骨塔的方向又傳來燒烤香氣，我們的肚子又更餓了。

「我們等下回市區去吃燒烤好不好？」他問。

「好，」我說，「然後我真的要回去寫題本了，我以後要當社畜。」

我聞著那空氣中奇異的香氣，「然後我們會一起變老。」我說。

「會吧。」他說，「我們同年啊，當然會一起變老。」

我閉上眼睛，然後我看見了那塊神木，它看起來就像大腿骨的殘餘，搞不好它曾是某個神明在火化後留下來的剩餘。我想像著那神明的死亡時刻，祂蜷曲巨大的身軀，又老又虛弱，然後瑟縮在芒草堆裡，回到嬰兒的狀態。「放心吧。」我小聲地說。

「三小？」

「我說，」我把音量放大，「我從來沒有這麼餓過。」

（二〇一九）

摩登上海 NPNC

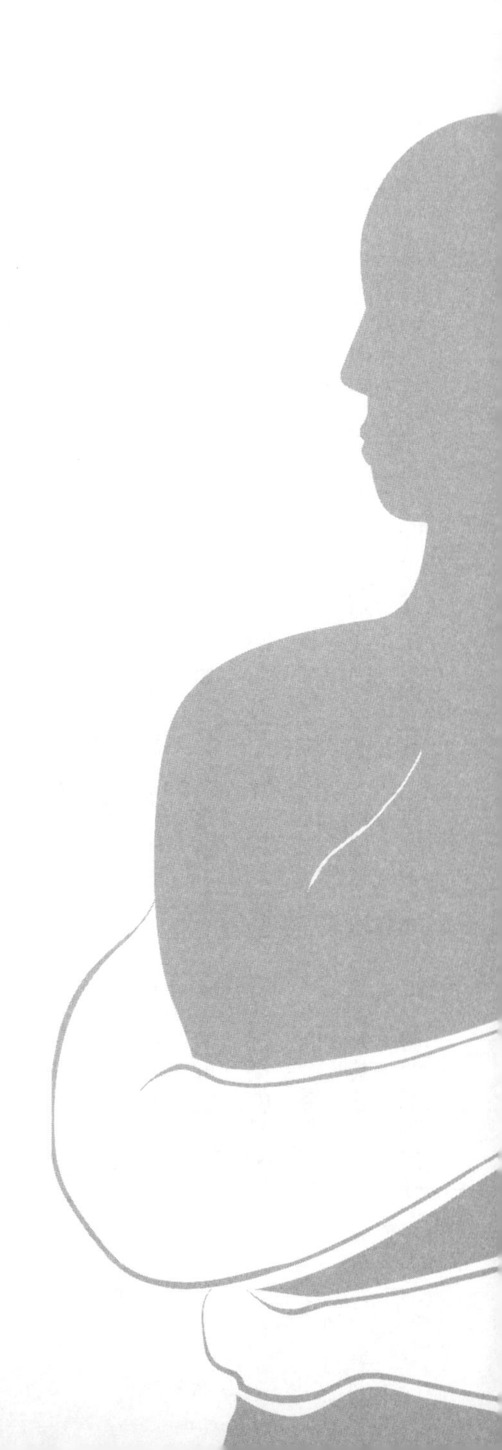

中國應該是個舊世界，台灣是新世界。但二十世紀像是場災難，讓台灣看起來更像是個古老的舊世界，忽然在世紀末發現對面的新大陸，然後一波一波登陸那嶄新而正蓬勃發展的資本主義新天地。

高中同學毅然決然跑去上海或北京讀大學。我顯得保守而陳舊，留在鬼島台灣。剛進大學，住進標榜國際化的大學城，我就開始吃安眠藥。吃了安眠藥，再配點酒，故鄉就不再是鬼島，而是寶島。看著垃圾車經過大學校門，那垃圾車承載島嶼文明的記憶，在大街小巷如行動音樂盒。

安眠藥之後，我YouTube了好幾支無尾熊吃尤加利葉的影片。

忽然我好飢餓，飢餓到跌跌撞撞跑到樓下兩個拉子開的居酒屋，跑出去，扭扭歪歪，她們有些擔心我，想要攙扶我，但我比她們還要快就跑到便利商店了。我飢餓地選了一盒綠醬義大利麵，杜蘭麵條又粗又油像肥滋滋的大毛蟲，拿了一盒手工布丁和蜂蜜優格，又抓了一大碗沙拉，凱薩醬。吃菜時意外地美味，菜是甜的，脆的，果乾是某種中介物質，在被咬到時釋放酸甜的軟Q。我又再跌跌撞撞跑回居酒屋，外面的風溫熱潮濕，好像在下雨，但雨從地面來，蒸氣那樣向上蒸發，我很有可能已經闖入某個年代的梅雨季。舊世界的梅雨季。有可能是我童年時期的某一段梅雨季節，把台灣北部搞得好慘的一次大梅雨，第一次被男生拒絕的那個梅雨季。

回到居酒屋後面的拉門，踢倒一排清酒空瓶，爬上樓梯，很不穩地爬上樓梯，經過開著電視的起居室，和掛在飛機外的湯姆克魯斯對望，然後走過二樓走廊的第一個房間。裡面住著天天唱法文歌的馬來西亞女生。那些法語語言，那法國電音節奏，像水般溢湧開來，不一會就滲透前半走廊，靛藍偏灰橘的液體繼續擴散。然後第二間的印尼男生還在打理雙人床墊，米色床墊的前緣不小心被那靛藍的灰橘色渲染，粗心不拘小節的他根本不會在意。走廊盡頭的房間就是我的。我快速進去，把茶壺裡泡爛的薄荷紫米倒出來吃光，一種想咳嗽卻清新甜美的刺激。

「這就是人生感了。」便利商店男店員的聲音忽然出現在我耳邊。

「為什麼這樣就有人生感了呢？」我放下茶壺，有些情緒，但沒有人理我。我趕快躺平，夜燈點開，只要睡眠音樂選好，就能一路睡到天明了。

天明前我的睡眠遭到中斷。我竟就夢見了張愛玲。我是醒來才意識到夢裡的女人是張愛玲。那女人全身光溜溜地在我的床上寫字，稿紙攤在床上，她拿著常見的三菱筆在紙面簌簌寫字。

她的臉專注在自己的工作，我只能看見乾燥灰白的瀏海下，她張大眼睛全心全意地盯著稿紙，好像紙上有什麼驚世駭俗的事情正在發生，可是她的字卻寫得特別慢更像是在書法臨摹，後來甚至慢到停了下來，她抬起頭，滿臉汗水，突然發現我的存在，驚訝地瞪大眼睛，好像想看清楚我是誰，但接著她又低頭繼續凝視她的稿紙。

整個夏天，都像泡在熱牛奶裡面一樣，黏膩濕熱，空氣濃稠讓世界浸泡在又濃又熱的暑白。夢見張愛玲這件事可以有很多解釋，可能是惱人的失眠，可能是藥物，但我不願意多想太多心理學式的為什麼。

NPNC 說他討厭張愛玲，沒有說原因。我已經放暑假了，但他還要每天到研究室打卡報到。我和 NPNC 差六歲，我不知道他到底在做什麼實驗，只約略知道是某種生物技術。因為實驗室終年無陽光，他喜歡曬太陽，皮膚曬得真黑。

夢到張愛玲的那一天，NPNC 就是我在交友軟體上遇到的第一個人。所以這個故事當然跟他有關，關於他的來到和離去。他的照片真的不好看，在光線奇怪的浴室拍的，只露出脖子以上下巴以下這樣的不明部位。沒有賣點。還可以看見他身後牆上掛著的一條浴巾。他密我好幾次我都沒有回他。我不想回他，其實我根本不想理任何人，我根本不知道自己在做什麼，我根本不應該在上面。我也根本沒有什麼厲害的外貌條件。在這種社交軟體上，如果不回訊息就是沒興趣的意思，但是 NPNC 不但要到了我的 Line（各種方法，我人太 nice），還繼續跟我聊天。

他傳來了 Line 的訊息。「為什麼不回我訊息？」

為什麼？我為什麼需要告訴他為什麼我不需要回他訊息呢？

「你是文盲嗎？白癡嗎？是看不懂字嗎？你到底要不要約？約不約？」他再次密我時，文字就是這麼激烈，約不約，約不約，約不約？所以我就約了他在大學河邊見面：「約啊！出來講啊！」

我本來是想要當面斥罵他，最後因為他的酒窩原諒了他。傍晚天氣涼爽十分，河上有輕艇隊的女生正在訓練，橋下有一群講西班牙文的白人在喝酒喧鬧，旁邊有老翁在釣魚，水草在漂（他說下面藏著白目的中二河童），蝙蝠在落日餘暉中飛（他說蝙蝠不是在空中吃蟲，只是單純無聊）。NPNC 剛出現時其實很疲憊，他的那副墨鏡已經有裂痕了，他摘下墨鏡時眼睛有些水腫，剛睡醒的樣子。他說「來吧」就帶我走進旁邊的林地裡摘取玉米。我們摘了未成熟的玉米生吃，剝了皮，邊走邊吃，滿嘴奇異的腥味像精液放太久，走去便利商店喝啤酒，牽起手像情侶那樣。小時候我們也當然都是這樣子的吧，很自然地和人牽手，排好路隊逛博物館。

我牽了一個男生的手，在博物館看恐龍展，那時我還相信真有虎姑婆會吃小孩，沒煙囪聖誕老人也會進來。我牽了一個男生的手，我五歲，他也五歲，野原和風間的那種前前前青春期，動感幼稚園，我知道了男生也可以讓我喜歡，我想跟他跳舞，我想騎馬載他去遙遠的王國。愛情的啟蒙是同性。

NPNC 的手就是讓我想到那隻五歲在博物館的手。NO PIC NO CHAT，NPNC。他自己卻沒在交友軟體上放清楚的臉照，WTF。

他本人比較好看，真的好看。我起初並不期待那樣沒賣點的照片後本人會有多好看。酒窩，很深的酒窩，前前前青春期那樣的酒窩。可能是因為長相太幼稚了，他常常刻意耍酷裝 man，刻意沉默（他說有種很帥的沉默，叫做沉默是金），把皮膚曬得黝黑，跟人講話好像也都是很刻意地壓低嗓音。雖然我才剛考上大學，但我必須說，外貌上我應該比他成熟更多。我比他高了半顆頭，和他走在大學的校園裡，我都覺得自己更像是個研究生。

「我以為你真的十八歲。」他說。

「什麼以為？我沒有謊報年齡。」

他露出不相信的神情。酒窩更深。「沒關係。反正約炮。我不可能認識你。我也不會給你機會認識我。」

我們要去買啤酒的便利商店在河的另一端，必須走上一座會發出刺眼綠光的木橋。河的另一端都是按摩店和唱歌的地方，便利商店已經有許多濃妝豔抹的女人在排隊買酒。有一個穿寶藍連身裙的夜校女生在地上跳舞，喝醉了，朋友們在旁起鬨，很開心，錄影上傳，或是直播，整間超商都是他們喧鬧的聲音。河的另一端有永遠不會結束的派對，比夜市熱鬧，比夜市奪目，比夜市更有人生感。

「人生感這種東西只會存在城市的縫隙裡面。」NPNC說。

「城市的縫隙是咖啡廳那種地方？」

「可是咖啡廳裡面的人會自我掩飾。城市的縫隙應該要有定義的。城市的縫隙是由酒精、菸草和廣場組成的，而且要有幾個甚至很多能夠一起膜拜酒精、菸草和廣場的人。酒精和菸草很好理解，但廣場呢，廣場可以是酒吧，廣場也可以是我們剛剛所在的河畔，可以是深夜的騎樓，廣場也可能只是個陽台……」

NPNC話剛結束，幾台摩托車飛馳過去，轟隆噪音只有短暫幾秒，但那幾秒的時間過後世界進入沉默。在人生占有一席地位的幾秒鐘，就是人生感了嗎？我們沒人說話，商店裡面和商店外面的人也都沒有聲音。再過了幾秒吧，世界才又正常。第一個聲音是便利商店的叮咚聲，然後 NPNC 問我「吸毒嗎？」

我睜大眼，「怎麼可能？」

「人生沒有吸過毒，就更不可能有人生感。」

「我不要。」腦袋中閃過中學教科書上對我們這些善良青年人的慎重告誡：要勇於說「不」。

我說「不」之後，經過男生宿舍巷弄裡的一家香港魚蛋。老闆是脾氣很差的澳門人，常常坐在店外的搖椅上看平板。當下他正好不在。不在正好，NPNC 搬走了他的搖椅。他說吸毒時一直幻想要有一張澳門人坐過的搖椅。「波斯人坐過的飛毯也可以。」他說。

我們走進了一條很深而路燈故障的巷子。最裡面最深處的地方突然有光被點亮，是一座老式洋房，俗氣的假屋簷，有個老人站在二樓的陽台上。在那微弱的光源下，搖椅好像布滿鐵鏽，不仔細瞧會以為是把鏽蝕的金屬椅。

在那條很深而路燈故障的巷子的非常深處，還不到底部的老式洋房的某個獨棟建築外有一道藍色鐵門，NPNC 領我進去，這就是他的租屋處了，他把整棟房子都租了下來，房子總共三層樓，他的睡房在二樓沒有窗戶的地方，白天夜晚不存在，只有燈明燈暗。

浴室和廁所分開，點燈，浴室的光源是美術燈，藍色和綠色，像夜店，檳榔攤，更像大型色情展示窗，因為有排占近大半牆面的透明窗子，根本沒有窗簾。對面的昏暗加蓋鐵皮屋裡總有個老婆婆會看他洗澡。老婆婆知道他什麼時候要洗浴，不曾缺席。

我們兩個男人光著身子，藍色和綠色的光在我們身體上造成各種變化暗影，熱水剛開，老婆婆就坐在對面的加蓋鐵皮屋觀看我們，她面容不清，但在她身後神桌的通紅光明之下看得出來她是披頭散髮，骨瘦如柴的瘋子。

「我平常都在畫畫。」我沒有問他，他自己告訴我。他說他的畫室在三樓，某個一樣沒有窗戶的房間。「我畫畫是因為，我越來越不知道為什麼要畫畫。」

「為了人生感？」

「可是我認為繪畫不能表現人生感。」

「你畫畫的當下，是人生感。」

「吸毒的時候。」他說，「沒吸毒不能創作。」

「吸毒對身體不好。」

「你用這個洗屁股。」忽然他把蓮蓬頭拆掉，變成一條白色水蛇般的水管。

「我不想做愛。」然後他問我為什麼，我腦袋飄過發酵的愛玲，不知道如何回答。

「讓我幹你。」

「我沒當過 bottom！」我立刻拒絕。

「我教你。」

他調好適當的水溫，就要我坐在馬桶上，要我把白色水蛇放入自己的肛門。我有充足的理由可以拒絕他，但我按照他的意思完成一切手續。為什麼？可能是因為他的兩粒粉紅色的小乳頭，在陰暗的燈光下小奶頭像指引，讓人安心。但更可能是因為他左手腕上戴著的木質手鐲，樣貌是動物，看來像風獅爺，高麗犬，麒麟，或任何古代神獸。

水蛇在進入肛門穴口後，噴湧出輕柔溫暖的液體，不一會兒水蛇就又抽了出去，我感覺體內有些東西隨著那液體流瀉出來。糞便的氣味充斥這個空間。我的角度看不見老婆婆，我真好奇她此刻如果有表情，會是什麼樣的表情。

「世界上最早的生物只有一個口，」NPNC 說，他抓起馬賽皂幫我搓洗身體，「那個洞口要塞食物，也要把糞便吐出。」他說後來這個口進化成兩個洞，一個是進食用的，另一個是排泄用的，也就是人類慾望的最原始狀態。嘴巴和肛門都可以成為性器。口交和肛交，不出於繁衍慾望，而是更貼近本質慾望的兩個無底，真的無底的洞穴。

NPNC 在自己的身上抹上泡沫，他盯著對面的老婆婆，對她揮手。也許老婆婆也對他揮手。NPNC 的臉正好在藍光和綠光的交界，額頭上的痘疤像月亮表面，泡沫抹過之後，他的肌膚可以變成一片濕地，肥沃的生命之壤，細密的泡沫破碎的聲音細微微的，和他身體發出的聲音接近。

他說，很小的時候，有次他在雲林的夜市嘔吐了好久。攤商架設各大戰旗像古代戰場那樣雄偉飄揚在台西夜空，上方有東歐人在走鋼索，音響的聲音好大。人人手裡抓著各種炸物烤物，各種點心，甚至是一碗廣東炒麵。人人用最肉慾的渴望奔湧各個食物攤販。男人女人，老人兒童，都是，肉慾全寫在臉上。他們邊走邊吃，男生女生，猙獰地咬著手裡的比臉大雞排，牛肉串，七里香，關東煮，大阪燒，走在草地，穿過人群，把自己的肉慾大方呈現給世人。「如果食慾和性慾差不多，我們也能這樣大方表現自己的性慾嗎？」

NPNC 走到夜市最邊緣的地方，在那樣的鄉下，夜市走一走就很容易踏進水田或是沼澤。他踏入沼澤的濕泥巴中，然後把所有夜市裡的食物洩吐出來。「那一刻真的很原始，我好像變成了動物最古老的形式，那一刻我感覺到自己真的存在，感覺到自己真的有靈魂，感覺到自己和宇宙有了很深很深的連結。

「食慾和性慾都是肉慾。」

「所以我不想做愛。」我說。但肛門已經清理得差不多。

「傳統的華人不愛聊性，可以傳統上他們必須吃美食，而且是跟人分享美食。」

「我在想，食物跟 sex 應該還是不一樣吧。」

「你去過胡志明市跟上海嗎？」他突然問道。我腦袋中浮現的胡志明市跟台灣很類似，很多機車，而上海，我卻只想到張愛玲。上海不過就是 Shanghai 那樣的存在。上海除了 Shanghai，究竟還有什麼？

「我都沒去過。」

「我碩士快讀完了，我要去台商生技公司上班，可是開的兩個缺，一個在越南，一個在中國。」

「去胡志明市。」我不假思索。

「為什麼？」

「上海人會吃狗肉。」我亂說。其實我想到的是愛玲，但愛玲早就已經不是上海。愛玲已經在我的夢裡蛻變。上海也已經蛻變。

他露出頑皮的笑容，「那要我去上海。」

我們準備吃毒的地方在他的畫室。他畫的是油畫，那氣味就是為什麼人類還需要繪畫的原因了，我認為。澳門人坐過的搖椅被放置在冷氣機的下方，那兒還有一組三人座布沙發。玻璃茶几被顏料沾染一塌糊塗，卻意外美麗。

他坐在搖椅上，把茶几上一盒茶葉鐵盒打開，裡面有打火機和像捲菸的東西。他遞了一根給我，裡面包的東西很香，像茶葉那樣，看起來真像菸草，我們好像只是要抽菸。

「什麼時候就要去上海？」

「明天吧。後天，某天。」

他輕摸我的臉頰。然後他幫我把草點燃。

「大痲？」

「不要問，」他也吸了一口，把煙吐在我的臉上，「不要說，抽就好。」

「這是劍齒虎。」我咳了幾下，然後指著他手上佩戴著的那隻生物。

他笑了起來，手上的草掉到地上，搖搖頭，「這個是皮修。」

見我不甚明白，他拿起手機，把那動物的名字給我瞧瞧，原來是一種古老的傳說生物「貔貅」。他說他養了這隻瑞獸幾個月而已，開過光了，生活好像沒有太大的改變，但比較沒有孤獨的感覺。就像是忠誠的寵物，貔貅會保護他，但還會給予他更多的好運。說著說著，NPNC 從鐵盒中拿出檀香來燒。他說這種古代神獸都很愛吃檀香木，所以燒檀香對這種神獸來說都是一大享受。

我的手伸向他拿著手機的那隻手，我想撫摸貔貅，卻被他拒絕了。他說貔貅不能讓別人觸摸，否則會招致厄運。

他又對我吐了一口很濃的煙霧。他看起來有張天使般無邪的臉，但經過更久的認識，我知道那是張很墮落，充滿邪氣的臉。

這時我才發現房間裡的油畫，好多張都是老婆婆。一開始沒認出來是因為畫的聚焦點有時不是那麼明顯。老婆婆以各種形象出現在他的作品之中。其中一張讓我覺得神祕的畫，是那老婆婆全身赤裸，拿著紅色油紙傘遮蔽烈陽。老婆婆有很小的陽具。她悲傷地以手遮蔽眼睛，卻袒露身體的所有。

次日的陽光更強。夏天像是要永遠滯留了。現在當我以手遮蔽烈陽時，我都覺得自己渾身赤裸。NPNC 找我去他的實驗室等他，他說他已經要拿到碩士學位了，很快就要去上海，我們應該再多見幾次面。當我抵達他位於十四樓的實驗室時，他忘了帶學生證，我們被卡在一道玻璃門外，他很快就用手指刺激玻璃門頂端的某個部位，他說是G點，然後要我喊「芝麻開門」，我還沒喊完門就開了。

他在實驗室工作檯收集他需要的胺基酸後，就讓我看看什麼是液氮。他把藍色的大桶子栓開，冒出一抹又一抹的白霧，沒有聲音，沒有太多溫度變化。雖然是白霧，我總覺得是乾燥的而非濕潤的。我的手伸進去後，摸到了液態的氮氣。那液體非常清澈，但我手感覺到一絲絲的疼痛。NPNC露出一抹酒窩很深的笑容：「這是給你的禮物。讓你永遠不能把我忘記。」

那天過後，我右手的食指和中指呈現青綠的紫色，壓到還會疼痛。他說對人生感的追求必須到上海去。我問他為什麼，他說就像是我手上的傷口，我不會預期這樣美麗的傷口。去了那裡，人生感會變得更模糊，遠離了自己熟悉的都市，到另一個截然不同的都市，人生感會變得更加模糊。他覺得自己可能會消失在那，先是模糊，然後消失。然後呢？我問。他說沒有消失，就不會有真正的存在。

在去上海之前，他還必須跟一個也住在大學附近的朋友說再見。那個朋友是一個才九歲的男孩，住在舊書店巷。很多日本老人會來舊書店巷買古玩書畫，也會去找這個小男孩。他是個會算命的小學男生，前世是個妓女，但他不但記得自己的上個前世，他還記得數十個前世的記憶，他還曾是某個矮黑人帝國的奴隸主，他覺得自己活得真累，巴別塔對他幾乎沒有意義，他會太多古老的語言，愛過太多人，無數心死悲痛，幾乎成佛，心臟停了又跳，跳了又停，他不曾真正死去，像是被詛咒，他決定開始算命，這個世界恐怕沒有人比他還要古老，更懂命。

但是那個男孩看起來就是個普通的男孩。但 NPNC 說貔貅就是請這個男孩去弄來的。他們已經是好朋友，會一起吃布丁。男孩還穿著學校的體育服，他揮手叫菲律賓女傭去冰箱拿布丁，女傭邊走邊抱怨：你吃太多布丁，不把功課寫完，你等下爸爸打你。

我站在那透天厝看 NPNC 和男孩相互擁抱。但男孩的眼睛和我對視，他離開 NPNC，走向我。「你想吃布丁嗎？」他問我。

「不用，謝謝你。」我為他微笑。

「你會因為一陣雷而失去自己珍視的東西。」他用台語說。

「給他兩百塊。」NPNC 走過來，對我說。

「兩百？」

「這是禮貌。低消。」他說。男孩慢慢點頭，伸手把我的鈔票拿去，便轉身進屋，把鐵門關上。我聽見女傭在屋裡對他碎碎念的聲音。「這樣他才可以吃更多布丁。」

NPNC拍我的肩膀。

「就只吃布丁？」

「喔，」他思考了一下，「對，沒錯喔。」

「他說我會因為一陣雷，然後失去我很珍視的東西。」

「可能是我吧？」他聳肩，「因為我要出國了。」

不，我很清楚我很珍視的東西不會是NPNC。

「你看，」他指著天空，「這種夏季型氣候，天天都有雷雨，你最好小心一點了。」

雨的氣味先來到。然後豆大雨水隨後跟到，可是我一直沒有聽見雷聲。陽光偶爾乍現，清晰的彩虹一下出現一下消逝。雨勢又劇烈又穩定。很快河水就爆滿，深夜我才剛吃安眠藥沒多久，就被走廊的聲音驚醒。同層樓的那兩個室友很焦急，他們說可能隨時要撤離了。水已經淹進來一樓的居酒屋。

其實淹水並不嚴重，但把河邊的水草都沖洗進來店裡。兩個拉子忙著把重要的物品和電器搬上比較高的桌子。吧檯顯示營業的燈籠點亮，只是為了照清楚店裡的損失。

她們說雨已經停了一段時間，水很快就會退去，要我趕快去休息。回到房間，我拿玻璃杯喝了一杯紅酒，紅酒剛喝完，在藥效還沒褪去的情況下，我有些暈眩，杯子就被我拋到地面碎成一地。奇怪的是，房間雖然有地毯，但玻璃杯摔落的地方明明是木地板，撞擊的那一刻卻一點聲響也沒有。

窗邊出現了一隻鳥。我小心地接近牠，怕牠飛走，想把牠看清楚。我靠近牠時發現牠是隻綠繡眼，驚喜之餘，牠就振翅飛走了。那一刻我知道牠要飛去哪裡。所以我傳了封訊息給 NPNC，我告訴他，我剛剛看見一隻要飛去上海的小鳥。

他回了訊息。他說他還有很多捲菸，問我要不要。他說，他從來沒有吸過毒，那天我們抽的既不是毒也不是大麻，只是富有人生感的菸草。

「你那區有淹水嗎？」我問他。

接下來幾分鐘，他卻連我的訊息也沒讀過。

我跑下樓，不顧那兩個拉子的叮嚀，踩著水就跑到淹水的街上。我撥開腳邊的水草，往河邊的方向跑去，然後轉進 NPNC 所在那條巷子。兩個年輕的摩門教徒正好經過我，他們牽著腳踏車，對我揮手，我對他們比中指。我看向夜空，天空已經晴朗無雲，甚至有些星子已經出現。可是此刻好像還在落雨。

我只是想起了自己的初戀。

「我現在只能愛主，我只能愛主……」高中那年，那場大雨中，男孩這樣對我說。天主是他的藉口，他願意為了神，為了愛慕神而放棄我，放棄慾望。但他對神的愛難道不也是慾望？

「我要你愛我。我把你當神。」我懇求他，乞討那般懇求我的情人好好愛我。

「我現在只能愛主。」

「一直愛主愛主，你是奴嗎？」我大聲地斥問，那兩個摩門教徒被我嚇壞，他們趕緊離開。

我不知道怎麼聯繫上NPNC。那條巷子的街燈已經修復好，我卻認不出他住在哪一棟房子。唯一亮著的燈火，是最底部的那棟老式洋房。陽台上有對老夫妻。我認出他們就是天天在大學體育場傳教的摩門教徒夫妻。他們總是拿著一把吉他，站在籃球場旁邊唱歌搖擺身體。他們永遠只有美國南方仿維多利亞式的衣服可以穿。他們現在就站在二樓陽台上，好像在等我走近他們。

我走近他們，他們就靠在陽台的牆邊，對我露出微笑，他們時而對笑，時而對我揮手。

「已經沒有淹水了嗎？」老先生對我問道。我抬頭看著他，對他搖頭。

「終於可以去散散步。」他說。他們老夫妻的笑聲像雞鳴，卻親切，「要不要進來坐坐？」

我搖頭。

「我們今天去逛了夜市。」老先生說，「那時候雨好大，大家都不能做生意。」

他們又繼續笑了起來，擁抱在一起。

夜裡快十一點，NPNC 沒有回我訊息。我一個人沿著河畔漫無目的地走，走著走著就遠離了河畔，來到了一個有戰車的公園。我不曾來過城市的這個區域。

兩輛坦克停在這座住宅區的公園裡，看起來就像是玩具那樣。地板還是很濕，但我躺在其中一台坦克前，抽起香菸。一隻馬陸從坦克底部爬出，我將仍然燃燒的香菸放在牠身上。牠很快就蜷曲成球狀，身體分泌水分，火沿著香菸漸漸觸碰到牠的肌膚，火就被牠分泌的液體給捻熄了。

NPNC 的手伸了過來，讓我借力站起來，我不小心摸到了他的神獸貔貅。但我起身之後，卻發現他根本不在我身邊，這裡只有我和兩輛坦克。但我的手中有貔貅的觸覺，仔細感覺，也有可能是液氮的凍傷還未復原。走回河邊，老鼠焦急跑過河堤，忽然水草像帽子那樣掀了開來，露出了顆禿頭腦袋，眨眼間水草又恢復正常的樣子，並逐漸漂近我，然後離我遠去。這時我發現有個裸男在對岸釣魚。他目中無人，也許也無魚。

非常深的夜裡我剛躺在床上，立刻就被突來的玻璃碎裂聲驚嚇。這聲音也遲來太久。

隔天 NPNC 又傳來了一則訊息，他反悔了，沒搭上飛機，不想去上海，他並不知道自己應該做什麼，但他想去夜店跳舞。那時我要搭車回鄉下去找阿公。車站附近有間藝廊，我也想和 NPNC 一樣思考人類現在使否還需要繪畫。但今天藝廊展出的是錄像作品。藝廊的廁所在地下室，走下去之後還要走過長長一排發著綠光，播放著小野麗莎的長廊。男廁和女廁的門口相望，我看見女廁梳妝台前站著一個披著月亮花紋毛毯，頭髮濕潤的老女人。地板上也都是水，濕答答一片，我認出那老女人是張愛玲。她面對著鏡子，仔細撥弄著她潮濕的頭髮。

我的人生改變了嗎？那陣雷是在我熟睡時發生的嗎？藝廊出來不遠，就是城市的一座二二八紀念碑。鎮壓事件的罹難者名單好長，寫滿整座石牆，然後一隻馬陸緩緩爬向我，我雖然避開了牠，牠只有軟體動物的速度，牠卻義無反顧爬向我。我逐漸走離，直到我走到台鐵車站，搭上往鄉下的電車。

高中生在某一個小站上了電車。他的制服襯衫沒扣好，都是汗，戴著耳機，他在哭。我從他身後的窗子看見了很老很老的自己，然後才想起來我沒有把安眠藥帶在身上。

中午，阿公在屋子外燒死了一隻老鼠。他正在看政論新聞，老鼠在外面燃燒的身影如一尊側躺的佛。

「你才十八歲，不要也學人家上街搞政治，有什麼困難跟阿公說，阿公雖然不聰明，但是阿公有智慧。」

我拿起阿公方才燒老鼠用的月曆紙，畫了兩個圓形的點，忽然我就想寫詩，然後把詩寄給隨便一個來自上海的人。

我不知道我自己失去了什麼。我只知道，沒有安眠藥我就好焦慮，我感覺我永遠被拘禁在福爾摩沙，我飛不出這塊古老的蓬萊島，永遠無法抵達上海。

NPNC。no pic no chat。親愛的上海，我想，我們該互換私照了。

（二〇一七）

其實應該是壞掉了

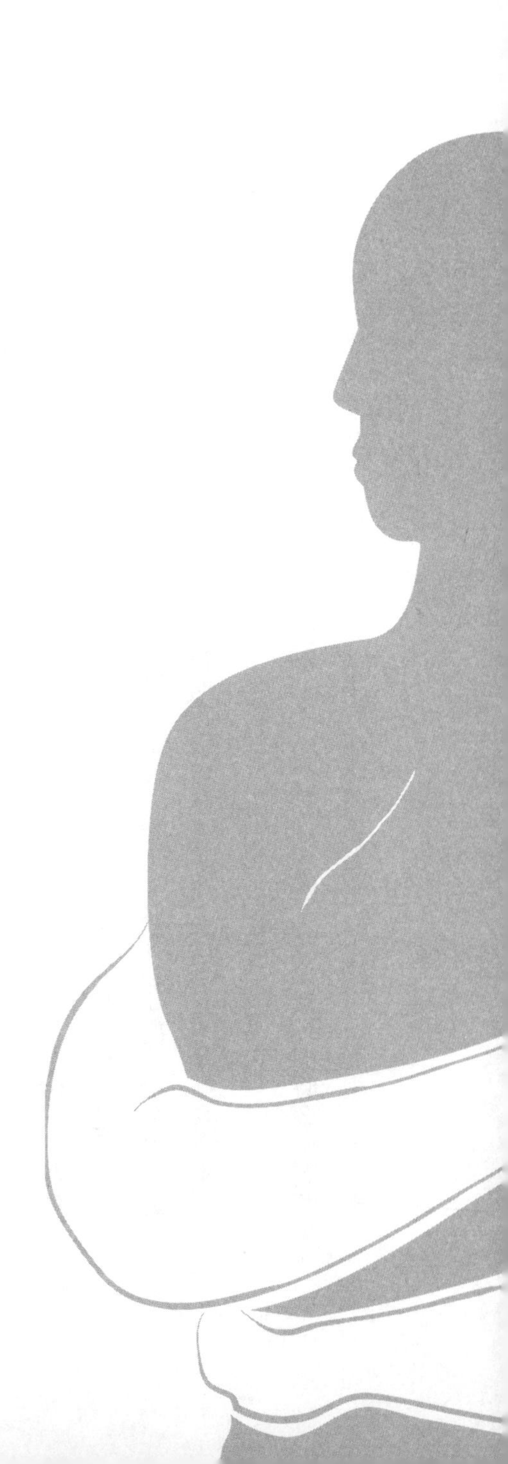

阿彥夜裡輾轉難眠，他確實覺得耳鳴的問題越來越嚴重。那聲音無所不在，幾乎整層公寓都聽得見。他又覺得，或許那不是耳鳴，而是房子某個角落出了什麼問題，例如什麼機器在叫，所以雖然已經凌晨，他還是決定起身來找找這聲音的來源。

萊恩躺在他對面的沙發。她堅持要睡在那裡。阿彥盡量不發出聲，怕吵醒她，開始檢查房間的每樣電器，什麼都有可能故障。那聲音太可怕，他把冷氣關掉，但聲音還是嗡嗡嗡盤旋在他腦袋，如蟲子如源源不久的鐵絲。

「我真的耳鳴了嗎？我是不是真的病了？」

不是病了吧。那聲音以超高頻的姿態存在，穩定而細微，聽久了會有一股往身體裡鑽的厭煩。不是電腦發出來的，也不是手機。阿彥的公寓很小，一房一廳，他認為一定可以找出問題。客廳其實兼書房，說書房其實更像工作室，各種最新的手機型錄。還有，自從在電信公司上班後，他收藏世界各地各種經典舊手機，數十支，就排列在本應是電視櫃的玻璃櫥，也因為如此，常有人笑他工作狂，把電信門市都搬進家裡。

阿彥拉開玻璃櫃，小心翼翼不在上面留下手印。滋滋喀喀，玻璃櫃打開時金屬閥的扭轉聲意味時光倒流，裡頭滿是過時的機械氣。他聆聽著裡頭的手機，一度相信，是裡頭的每一支手機都發出高頻的噪音。

聲音還在。九〇年代到世紀交接的各色經典款，從褪色的Nokia 8110、3310到ERICSSON T28，還有Panasonic GD90，都在那怪異而病態的高頻噪音裡，每一支，都越看越不可愛，也越看越可恨。

明天九點還要上班呢。他看著，額首都出汗，精神也來了，不找到聲音他是不肯去睡的。他心裡懷疑著，真是電信公司上班的緣故讓他腦袋壞掉。

他又走到料理台附近，除濕機的水位是滿的，沒運轉也沒怪音。也不是電鍋發出來的，更不是烤箱，所有的料裡電器都好端端的。聲音還是微弱地嗡嗡響，非常穩定，頻率非常高，有形又無形。他翻開碗櫥，翻開衣櫥，把電視櫃裡所有的遙控器，好的壞的通通都摸了一遍。

阿彥也還真的嘗試過要用手抓住那聲音。忽然他開始明白那聲音始終來自他的腦袋，就是耳鳴，吞了口水也止不了的耳鳴。久久不去的聲音即將要撕裂他的大腦，他隱隱約約感到胸口煩悶，頭也開始作疼，他坐在料理台的椅子上，幫自己弄了杯水，覺得自己病懨懨，也許年紀大了，各種慢性病都要來了吧，這就是初老的感覺？過了某個年紀，人都會忘記自己的實際年齡。他大概，快三十五了吧。他覺得自己真的要老化了，為自己過早的「老化」感到可笑，又恐怕是工作太繁忙，今天更又因為萊恩的關係過度操勞。

萊恩中午的時候打了電話給他。電話裡的她驚魂未定，說她老公拿菜刀要殺她，她剛逃出來，已經在高鐵站。但她沒事，只是害怕。她需要有人救她。

阿彥向義梅姊說要臨時請假，還沒解釋，義梅姊就說：「是女生嗎？」

他想解釋，他要見的這個人就是他以前的前輩，可是忽然不曉得從何說明。是之前離職的前輩，結婚了，現在被家暴，老公拿菜刀要殺人……要如何開口呢？

「扣你一天假。」義梅姊聲音曖昧，露出一種知道祕密而滿意的笑容。

萊恩開始打鼾。她的鼾聲竟還是像男人一樣粗獷。卸妝後的她，五官輪廓都還是手術以前的他。五年前，阿彥剛來公司時，萊恩還是大他三歲的前輩呢。公司安排萊恩照顧他，當時他的輪廓大概也就是這般清秀。一個舉止溫柔的大男孩。

阿彥只愛女人。此時此刻的萊恩，不能說是完全的女人，可卻有十足性吸引力的。

阿彥看著萊恩露出來的身體，就僅是頸子和一點脂肪的手臂，雖然和男人的身體一樣寬闊，卻因為隔著男性內衣而乳房微隆，像少女吧，他想著。可卻沒有任何慾望，那嗡嗡的高頻噪音讓他無法專心包含「性」在內的任何事情。

「你有沒有聽到奇怪的聲音？」阿彥忍不住窩在她躺著的沙發，決定還是把她喚醒。

「……是冷氣，冷氣。」她闔著眼睛，呻吟著且輕輕皺眉，「冷氣呀。」

「沒有，想問你有沒有聽到一種不一樣的機器聲，嗡嗡嗡的那種，你聽。」阿彥努力描述。

「你工作的地方就是這樣。」她揉揉眼睛。

阿彥不得不認同這個可能，工作的地方。

今天萊恩也就跟他提過了。幾年前也有。

下午，他開車載著萊恩，要去她男友上班的百貨公司。她男友是運動用品部的門市人員，今天休假，所以人在彰化家裡。萊恩說一定要去，只有那間百貨公司可以讓她散心，那裡有她喜歡的事物如不用排隊的外帶咖啡，還有人不多的迴轉壽司。她看起來完全沒事，心情似乎也好極了。

「……不是因為你，是因為公司吧，我真的會頭痛。」阿彥在停車場說。但停車場的噪音太多，他必須說兩次。「……真的，真的會頭痛。」

「你還是不喜歡在電梯裡面說話嗎？」要進電梯時，萊恩問他。他點頭，給她善意的微笑。

「我還是要說，義梅姊的口腔癌可能和公司有關。」電梯裡，她還是忍不住說話。阿彥沒有看她，只點頭表示他聽得到。他覺得很不自在，電梯裡有其他人，而萊恩是唯一在講話的人，簡直是廣播電台。不過他必須承認，她的聲音越來越柔，今天聽起來，根本是女人嬌滴滴的聲音，也許可以去電台工作。

「你現在真的不找工作嗎？」出了電梯，阿彥問她。

「不了不了，我們真的打算要領養小孩子，我也真的要當全職媽媽。我們的小孩要在家自學。」

阿彥驚訝地看著她，他不認為依靠她老公門市人員的薪水可以養家。「你聲音一直都很好聽，去廣播電台找工作？可能不缺人，薪水也不多，可是我覺得你要去看看，這是講……」

「公司裡有很多電話，公司裡那些電話，」萊恩打斷他，又回到先前的話題，「那麼多通信機器，一個人一天要打兩百五十通電話，你想想看，下班之後一想到要講手機都會怕了。有一次我問了一個工程部的工程師啊，我買便當的時候看到的，我問他那些機器對身體會不會有影響。他先是問我工作資歷，我就說七年，他就說是會有癌症機率，只是他不敢這樣說。」

「你以前都這樣警告她。」

萊恩笑了起來，「有嗎？有吧。我很關心義梅姊，只是我怕她看到我這樣子會嚇到。還有好險我真的離開公司，因為我後來覺得頭痛的問題都沒了。」

「搞不好是因為你沒上班沒壓力了。」阿彥拍了她的肩膀。

「別拍我肩膀，沒禮貌。」她推開他的手。

阿彥盯著她。這是真的，她真的是一個女人。由於骨架、妝容及長髮的關係，她比起男性的過去還要更有精神，可能還更年輕些。萊恩還是個男人時，好鬱卻也好美啊，像是有煩惱的美少年。現在萊恩的鬱被摘除了，剩下美，純粹的美。

「你該考慮離開他。」阿彥說。他們已經在運動用品部，這裡有皮革混泥土香，還有足球場草皮的味道。

「你第一次來公司的時候還問我那些工程師到底都在哪裡上班咧，好可愛，那時候真的滿喜歡你的。」她轉身摸著展示的網球拍。

「我是你早就離開他了。」

「可惜你不懂欣賞我，唉。那些工程師常常來修你的耳mic，為什麼只有你的耳mic會故障呢？我本來還猜你對那些阿伯可能有興趣吧，什麼的，之類的……你那時候單單純純，是菜呢。」她回過頭，往櫃檯的方向看去。

「你條件現在很好，真不考慮找更好的？」

「你說我條件好？有那個十八公分的女生好像不多喔。可是連這個，你摸過啊這個，喏，都像還在發育一樣扁扁的。」

「我不跟你說這個。萊恩，是家暴，你遇到的是家暴。」阿彥的聲音有些怒火。他不相信人怎會如此盲目。

「我第一次進去他浴室，因為很黑，我很怕黑所以很害怕，然後因為害怕我真的找不到燈的開關。然後他就幫我開了，幫笨蛋開燈這樣子，我就突然，一陣安慰感，還是說安全感，就是我覺得被保護。他的眼睛從鏡子裡看過來，看我還有衣服的身體，我就趕快把門關上。他的眼睛卻還在，就在我脫衣服的時候，他的眼睛就在浴室裡的每一個角落，就在男用沐浴乳上，還有刮鬍刀上，都是他的眼睛，盯著我，心跳加速，然後浴室排水口的毛髮，天哪都要癱軟。」她說著說著，忘情流露陶醉的笑容。

「我不覺得那什麼，什麼毛，有什麼好。」

「真假的？我也不懂呀，真的不懂那時候的感覺，可是真的就是這樣。」

「我覺得，他不夠好，就是這樣。」阿彥說，一肚子怒火。

「那個呢？」萊恩盯著門口穿籃球衣擦玻璃的男孩，「他同事，來打工的夜間部學生。」

「我覺得嗎？他的腋毛多到露出來。」

「我老公喜歡我的腋毛。」

「夠了，他就要把你殺死。」

「就，我是一隻惹人厭的螞蟻。」說完，她就走到那男孩旁邊。沒特別做什麼，就是經過，然後走出去，讓男孩多看她一眼。

阿彥試著讓自己放鬆。高頻音刺激每一條神經。他讓自己再喝一杯水，再去小便一次，然後躺在床上，試著要睡，聲音卻不止地侵入他的所有感官。眼睛緊閉著，他看得到那高頻音是藍色的線，揮打他，勒緊他，他越來越想死。

「晚安您好，親愛的客戶，我們公司有最新的優惠訊息要通知我們的優質客戶，我病了，耳朵壞了，腦袋不見了，就要死了，親愛的客戶……」他想成為那聲音的一部分，盯著小夜燈，萊恩現在背對著他，棉被包得緊緊。

他試圖讓自己愛上那聲音。

網路上流傳著許多和聲音有關的故事，曾有一個太空人需要長時間，也許數個星期那種的長時間飄浮在外太空的一個船艙裡頭工作。忽然有滴答滴答的細小聲音不斷出現，其實很小聲，但由於外太空的徹底孤寂，再小的聲音都會非常巨大而刺耳。那聲音持續到讓他失去睡眠而精神幾乎崩潰，他想死，就像此刻的阿彥一樣，想死。後來他讓自己愛上了那噪音，他就從中聽見了優美的交響樂，並安然度過直到返回地球。

「吃大便啦。」阿彥默默罵著，根本沒辦法愛上那可惡的高頻音。那聲音來自他腦袋，他是病了，誰能愛上自己痛苦的病徵？

網路上竟然有很多人和他有一樣的困擾。這個時代，網路上什麼知識都不足為奇，連這種，什麼神祕高頻音的問題都有人問。

不過，不少網頁來自中國。阿彥記得還小的時候，網路上的中文條目大多是來自台灣、港澳或北美華人的繁體訊息，也不曉得確切從何時開始，中國的簡體網頁迅速占據網路世界。

有個杭州的女人說，家裡出現一種高頻噪音，聲音持續了幾十天都沒停止，而且只有房間才有。

阿彥看到這裡，立刻走出房到客廳去，他這時才發現，房間聽到的聲音真的比客廳大些。最後他開了窗，把頭探出去，窗外是公園，聽得見夜裡的風，嗡嗡聲變小許多。然後他又開了大門，走到公寓外的走廊，就聽不見噪音了。

「到底！」他回到房間，再繼續看那位杭州女人的發問。

這女人後來去問了樓上的鄰居，發現樓上的鄰居也有同樣的困擾，而且噪音更大，甚至已經開始吃安眠藥都沒法入睡。他們都找了工人來檢修，卻找不出問題。

有網友就說，一定是有基地台，或是杭州地鐵的噪音。阿彥又多看了幾條網頁，台灣的，香港的，中國的，都看，大家都有類似的問題，同樣的困擾，有人都要鬧自殺了。簡體網頁上有人大膽提出，全世界都充斥著不明的怪聲，全世界！

高頻噪音挑高了些，讓人頭疼的高。突然間，又有吱吱吱的噪音出現。那聲音令阿彥想起老爸夜裡的磨牙，粗獷如磨磚石。萊恩把臉翻了過來，吱吱吱地，居然是她在磨牙。

忽然，阿彥有了種清澈而豁然開朗的頓悟，覺得可能是萊恩的身體發出來的，也許在轉性手術時出了什麼障礙，讓她的身體在夜裡會發出奇怪的運作聲響。阿彥靠近她，仔細聽，發現離她越近，聲音就真的放大了些，也可能是錯覺，但她滿有可能是問題的根源。

噪音可能來自她發育般的乳。雖然乳小，卻也有可能是假的塑膠乳。吹著冷氣，塑膠在體內遇到幅度較大的熱漲冷縮，就有機會發出高頻惱人的噪音。或許阿彥聽到的是荷爾蒙催化乳房成長的聲音。他盯著她的身體，好像看見乳腺在她的身體蔓延，發出吱喳喳的聲音如綠繡眼，然後將在乳頭的地方開出燦爛的花朵。

看著萊恩露出的手臂和肩膀，阿彥感知女人的腋毛確實能增添性感，這是許多女人自身完全不能理解的。這個時代，男人女人都跟風把毛刮掉，什麼毛都可以去除。即便她還是有男性特徵，但那些毛髮部位只將越來越具體地性感。

他這時才逐漸意識到一種奇妙的感覺。吸引他的這女性身軀，曾經是雄性的，這本能地驅使他噁心。同性相斥而異性相吸共同驅動他體內奇妙的知覺，這種磁性或許正是噪音的根源。他坐在地上，篤定地認為就是這種磁性的故障造成他的幻聽，造成他的痛苦。

「我是個阿姨，走在遊樂園裡，每一個拿氣球的小朋友都會叫我阿姨的女人。十八歲的小男生也不會多看的阿姨。」萊恩說著，走在運動用品部和家具部旁的小走道，盡頭是一面大玻璃，如果不存在，她就可以從此墜去，外頭是假背景般寂靜的高樓大廈，像蝙蝠俠電影裡的高譚市，而踩高跟鞋的萊恩的背影，是愚弱女子，等待英雄救美。阿彥盯著她，想像著她真的墜落下去，莫名其妙地覺得女人在那一刻能具備驚人的美。

她把手放在玻璃窗上說：「我十一歲那年應該收到霍格華茲的入學通知，而且要是一隻藍色的貓頭鷹送信過來。」

「我就是一個完全有天分的女巫，現在就要變成巫婆了。如果我早點變成女的，是不是情況會更好？」

「不會。」阿彥覺得陽光刺眼，他往陰影處走去。

萊恩的影子很長，讓本來高瘦的她顯得更高更瘦長，其實像原形畢露的蛇。「有次做愛完，他摸我的屁股，然後用力抓了下去，表情很失望，他什麼都沒說，可是他不知道他的眼神徹底把我……就那個眼神。好像他做完愛才發現我是老太婆一樣，男人的屁股都比我好。」

「再怎麼老怎麼醜，會打你的都不是人。」

「那我呢，算嗎？」她回頭。

開始上班時，基於某種環保理念，阿彥都是搭公車去上班。公車經過高中時，就下了一些學生，駛入市政府周圍的商辦區後，上班族就全都下了車。這時公車上只會剩下博愛座的阿公阿嬤還有終於有位置坐的阿彥。公車會再往更北一點去，他在城市北邊的住宅區下車。電信公司的電銷部隱身於住宅巷弄內，其實就是一棟三層樓透天。

如果遇到剛停好汽車的義梅姊，她就會誇他環保好青年。但通常都會遇到騎機車過來的萊恩。阿彥早在一開始就告訴這位前輩，他不是同性戀，但萊恩還是願意幫他帶點心，理由是怕一個人吃太多變胖，需要一個男生幫忙吃。

阿彥很清楚感覺到腹部在那段時間已經囤積了一些脂肪。身為負責照顧他的前輩，萊恩是真的很照顧他。他們會一起去做市調，其實就是探敵情，跑到其他的電信門市去蒐集最新的手機與門號優惠訊息，以進行更直接的分析。

萊恩不過為了工作而工作，可是阿彥很清楚自己是真的對手機很有興趣。電銷部有些男生後來都去了工程部，可阿彥喜歡電銷部，他透過自己大學的商學訓練以及對手機的了解，在一天兩百五十通的電話裡覺得滿足。這讓萊恩頗意外。

「通常我們一天能賣到三支門號，就是非常好的業績了，你兩天就賣九支，到底是誰前輩了？」某次中午休息剛結束，萊恩放了一盒心型巧克力在他桌上，對他說。

「沒有，我幾個法寶還是會念錯，會跟QA搞混，反應不好，還在學。」

當天萊恩是辦公室的值日生，他必須帶下午開戰前的口號，口號前他就說，「大家要以新人阿彥為榜樣，所以，我的口號就是，阿彥阿彥阿彥，今天每個人都是阿彥！」

「阿彥阿彥阿彥，今天每個人都是阿彥！」於是大家就跟著喊了一遍。

「你是不是偷偷喜歡阿彥？」義梅姊就站在萊恩旁邊問他，大家都跟著起鬨了起來。

「很噁心耶。」旁邊的女同事突然說道，現場頓時鴉雀無聲。不是開玩笑，她露出認真的批判神情。萊恩依然笑著，但他的笑容變得僵硬，他不善與人衝突。

「沒有啦，」主管義梅姊立刻鬆解氣氛，「他們，就都很可愛啊，對不對？好啦，大家快去工作，要進入戰區了，記得這個月不送配套，沒有送電源線。」

「太像人，很恐怖，不是嗎？人都很糟的，蹧蹋所有美好。」離開百貨公司，回到阿彥的公寓，他對萊恩說。

「我喜歡在那家運動用品店這樣逛來逛去，多好。我變成女人之後，他就是在那裡認識我。每一次他不在的時候我走進去，都覺得我可以回到那時候，重新認識他。他一開始就先要我電話，我就告訴他我不是人。」

「難道是鬼嗎？」阿彥問她。他本來只是要看看自己收藏的手機，卻透過玻璃的倒影，看到她按摩著腳踝，恐怕是高跟鞋穿久了。他發現，透過玻璃倒影，他竟看了許久。

「他也是這樣回我。我回他說，更糟。」

萊恩似乎感應到他的目光，倒影中她模糊像女鬼。她換一種接近男人的低沉口吻說：「他完全接受我身上的每一個部位，包括我殘餘的男性。」

「我不會笨到去喜歡異男。」好幾年前，萊恩也在門口脫鞋，但脫的是男鞋，很快就換上室內鞋。

「我真的沒差。」阿彥那時候對他說，他確實沒有任何困擾或不適。萊恩是真的很照顧他，讓他學習很多。

「我們當朋友當同事，你看，都一年了，我們還是很好的兄妹。」

「賣手機的兄妹。」

「讓我親你。」萊恩突然說。

阿彥一陣錯愕，他想到的不是引狼入室這樣的情節，而是開始自顧自地擔心起他是否已經傷害他的感情。

「然後請我吃飯！明天晚上！」

阿彥問為什麼，手插在腰上。

「讓我親你！」未等他回答，萊恩就用力地在他嘴唇上親了一下。

阿彥輕輕推開他，並不覺得討厭，但發自內心突然覺得好笑。

「還要請我吃晚餐，明天。」萊恩一臉笑嘻嘻。

「為什麼？」

「我要辭職去變性了！然後我要去找一個愛我的男人，我要把你忘記，就是這樣！」萊恩大聲地歡呼著，然後哭了起來。「我等了好久。」他邊哭邊笑，「阿彥你完全不懂這種感覺。」那晚，他就睡在阿彥床對面的沙發上。萊恩沒有打鼾，也沒有磨牙，阿彥印象中那夜他睡得非常安穩。他確實將心裡的大石放下，萊恩和他的關係或許可以不再那麼曖昧，他們就要成為真正的兄妹。

中午時，阿彥並沒有在高鐵的載客區等到萊恩。手機也沒通。

他花了段時間把車停好，然後一身汗，襯衫都濕透，走到車站大廳。他先是穿過一團觀光客，又是被一票趕車的商務人士擋住路，待離開人群，發現整個大廳都是滿滿的旅客。明明不是假日。

某些當下，他有種他也即將要趕車的錯覺，甚至忘記他此時此刻的目的，不知道要找的人長什麼模樣。手機還是沒通，他焦急的模樣讓路人側目。高鐵正廣播著往南港和新左營的車次，他也忍不住低頭又看了時間。

環視人群，印象中，萊恩個子高瘦，走起路來扭來扭去，染一頭金髮，很痞很台。這時候他一定又會穿緊身的長袖長褲，三八地和他打招呼。自從他轉性並離職之後，都只剩下臉書的聯繫。阿彥和萊恩後來見過幾次面，行為舉止還是萊恩，換了身體，她卻是美麗而驚豔的，而且越來越女性。

車站落地玻璃外頭，有名女子奇怪地徘徊。阿彥也走了出去。天氣很熱，車站的外體像巨型星艦，而且看不見艦體的頭尾，太巨大了，真難想像這是車站。那金屬外殼變成太古巨鯨，隆隆隆的龐大脈動震盪著。女人也發癡地看著這矗立在鄉間的龐然大物，她看起來無辜極了，一不小心就會被吞沒，被碾碎，永遠消失。他覺得這景象才真是一把無形的刀，要殺人。

她癡愣盯著建築物的頂端。兩隻手臂緊緊環繞胸前。阿彥站在她旁邊，也隨著她的目光往上。

「有次我在鄉下開車的時候，它就這樣在我眼前流過去，我以為我看到的是一條白色的龍。差點就撞到前面的騎士。」萊恩低喃著，建築物的頂端是高鐵月台，列車正緩緩啟動。

「我在那個，載客的地方，你怎麼沒在那裡？」

「我以為，我想說你應該是在轉運站那邊，可是手機沒電。」她說，「還是常常搭公車？你剛剛不是坐公車來嗎？」

阿彥無奈地看著她。轉運站也不在這裡呀。他發現她應該是補過妝，臉上有些色塊糊糊。可能是被丈夫弄糊的，也可能只是太陽，眼淚當然也可能，或是以上三者綜合。

「這是我很喜歡的蛋糕店賣的，很好吃的手工餅乾，裡面有蔓越莓，鮮奶也是用小農的。」她將手中一只小提袋塞到他胸口。

「你有沒有受傷？」

「你今天賣幾支？」

「客戶談到一半，結果我以為你要怎麼了所以，你看，什麼也沒賣出去。」他領著她又再次進入了車站建築。回頭一望，山坡綠得有深有淺，附近廣場停一架飛機，據說是飛機餐廳。

「你有沒有受傷？」他又再問了一次。他的心隱隱發疼，莫名覺得自己剛剛好像哪裡被刺傷，被那星艦和星艦旁流浪的女人給弄傷了。

「我想領養寮國的貧童，有個小孩我想養，真的，金邊附近的村子，越戰時留下的炸彈把他爸媽都炸死。」

「你們又因為這個吵？」阿彥幫她拿了手提包，這時她就攬住他的手，而他沒拒絕。

「可是他反對，他的理由是，怕小孩在台灣被歧視，被人家欺負。我說我也是這樣走過來的，他就說我自私。」她說著說著，可能在哭，因為旁邊有些人在看他們，阿彥覺得不自在，他習慣在公共場合保持絕對低調。「我說，這個世界真是爛透了，爛透了。」

「這個世界還是很好的，你只需要偶爾出來透透氣。」

「那你呢？你會接受嗎？」

他試圖迴避她的眼神。那已經是女人的眼神。

「接受我的想法。接受這個世界上有很多需要被關愛的角落。」

「我很尊重你。」

「少自以為是了，」她貼近他耳邊，輕蔑的女聲，「偽善。」

「我真的沒有別的意思。」

「因為你認識我的時候我是男的，你不要用那個眼神，少來了，你不要以為我不知道你們這些人心裡在想什麼，我就是糟蹋自己。」

「我沒這樣想啊。」阿彥說。

「真假的？」她笑了起來。

「他這樣想的嗎？」

「他嗎？哼。」

「是嗎？」

她又再次靠近他，這次更靠近他的臉龐，「那你現在會娶我嗎？即使我還有以前那個萊恩的影子？怎麼，噁心嗎？

「你不要回答。」萊恩制止他。

「你這什麼問題，你自己看。」阿彥低語著。他覺得自己需要休息，因為他莫名在這時候勃起。他冒著冷汗覺得自己病了。她此刻的男性或許也正堅挺著，阿彥想著想著，他想要慎重告訴她，她必須在此刻離開否則他的世界會永遠崩毀，他們之間的關係會永遠毀壞，但他卻說：「我覺得空氣超悶。」

「不是就叫你不要回答？」

「真的好悶，你要待幾天？」

「先讓我洗澡再說，我頭痛，看你一櫃子的手機我就頭痛，我什麼都沒帶，借我你的衣服。」她往他房裡走去，背影削瘦而狼狽，「我自己找燈。」

這種高頻率的噪音可能來自地殼，阿彥又在中國的網站上看到奇怪的解釋。日本東北發生大地震前一個月，仙台許多地方都曾有人舉報聽見奇怪的高頻噪音。這些高頻噪音只在某些區段聽得見，這樣的現象叫當地耳朵較敏銳的人都受不了，紛紛去醫院掛診。這種高頻聲音只有少數特殊的人聽得見，通常只有貓狗聽得到這樣頻率的環境噪音。這文章也說，稍早些，台灣中部發生大地震前，也有許多人有類似的狀況，耳鼻喉科在地震前也有排隊現象。

他神經兮兮打開大廳的窗。這次他站在狹小的陽台上。一般來說，半夜站在這種地方的人應該要咬一支菸配啤酒，可他不菸不酒，像精神病患因著神迷鬼亂的意念而窺視外頭的奇夜。

「真奇，明明這裡什麼也聽不到，難道真的有大地震要來？」他發現公園裡的路燈一明一暗地閃，像是故障，又像是什麼來自大地土壤深藏的毀滅性預兆。

「這是你第一次跟真正的我見面。」萊恩洗浴後，已經躺在沙發上。

「其實我覺得你是女生，真的很好。」

「很好？什麼很好。胸部還是扁的，嘴唇也不豐厚，你看。」她的聲音變得非常細小。

「嘴唇很好看的。」阿彥真誠地說。萊恩橫躺在沙發，眼睛輕閉像極了一尊神像，菩薩吧。沒有慾望的神，沒有性別，但這一切都只是外表，阿彥心裡清楚知道那軀體內亦有澎湃的人性，能激烈去愛，激烈去恨，可以被溫柔呵護著也可以殘忍地永遠死去。

「會主動想親我了嗎？這是女人的唇呢，還有女人的身體，都不想想自己多久沒碰過女人。說真的，想不想？」手托著臉，她呢喃如進行睡眠前的禱告。

「你會待多久？幾天？」

「明明知道我喜歡過你，為什麼不考慮把我救走，我最喜歡英雄救美的故事。」

「我白天還是要上班，沒辦法照顧你。」

「娶我。」

阿彥凝重地盯著她。闔眼的萊恩好像沒說話，他不確定她剛剛是否真有開口，也許她睡著了，是夢話。

「你知道自己人在我家嗎？」

「知道啊，幫你洗衣服，幫你煮飯，幫你燙好襯衫。要知道，我真的是好妻子。」

「你要讓你老公在家裡擔心嗎？」阿彥揉揉眼睛，打了個哈欠，躺在床上。

「你真的擔心我嗎？那誰要擔心孩子，他還要出去玩，明天要帶他去遠足，明天的毛巾還有水壺還要準備好，不可以給他藍色的水壺，他喜歡揹粉紅色的。」她低語著，好像真的要睡著。

就是在這個時候，阿彥感到輕微的耳鳴。像是被人打了一巴掌後，腦袋瓜裡轟轟的噪音。

「我要在這裡待幾天，拜託你了。」

「為什麼？」

「你還是最好的人，會來車站找我，會幫我拿包包。」

「你老公會拿菜刀砍我吧？」阿彥不曉得自己現在吐出來的句子，是否正在默認可能的未來。他應該拒絕這個，曾經和他要好，讓他在事業上有成就而現在結婚的這個人。

「不會，我不想愛他了。」

「不行吧？我們這樣子很奇怪。」阿彥抗拒著心裡的一股悸動，他很久沒有過女人。耳裡的聲音像懲罰他邪念的寄生蟲，攢動著，他覺得心跳和呼吸都不尋常。

「放心。」她給了意義不明的答覆，就睡去了。

在陽台的時候，阿彥有一絲恐怖的想法。他可以就這樣跳下去。Game Over。一切結束。有什麼意思呢？他沒有任何對於生活的不滿，他幾乎可以就這樣活到永遠。對他來說生活就像呼吸一樣，不痛不癢，他可以這樣一個人好好的直到死亡。而現在不就是這一刻了嗎？跳下去。

回到室內，那痛苦的高頻噪音真的變成一種安慰。那聲音竟也轉了調，變低了些，還越來越清楚。

他也在網路上讀到，每一個人都曾經想過要自殺。阿彥當然也是，但不推薦燒炭。那不一定死得了，而且聽說死前還是非常痛苦，現在買炭來燒還會殃及萊恩。

他走到料理台看刀子，屋裡的噪音可以就此終結。不過他不想切腹，人人都說肚破腸流不但痛苦難看，可能還要苦上數小時才會死去，並且這段時間噪音還會持續。他知道切斷血管死得很快，而且看大家的說法，並不痛。然而他對血還是恐懼。還有繩子，屋子裡有繩子，只可惜沒有好的梁柱，網友說明，上吊是快速而安逸的死法，繩子勒緊的那一刻就像電腦被強制關機，什麼意識也沒有。

阿彥好像感覺到了那聲音的形體，他跟隨著那變得低沉的噪音往房裡去。那聲音現在清楚得像是指示。他捏捏自己的脈搏，想像自己就這樣割下去，星艦把他載走，送往遙遠而可能無意識的寧靜裡。星艦旁有女人仰望著，阿彥的頭伸出鑑外，女人的聲音送了過來，說：「第一次見了面你就要知道有最後一次因為我愛上別人而且我已經不愛你。」並且送出一段更高頻率的噪音。

「你有地方出問題了。」他對女人說。

「也許是你有問題。」女人說。

他感覺著自己的身體，他的心跳，他的手臂，還有手指，手指頭上的月牙，也許聲音源自於他自己的身體。他感覺著自己的陽具，也許陽具是聲音的根源，他才是一切問題的根源。「聲音是從你身上來的。」他指控女人。

女人像是被發現了什麼祕密，後退，然後跳入她的星艦並消失。

聲音卻還在。

沙發上坐著一個女人，「你怎麼不見了？」

「你起床幹嘛？」阿彥瞪著萊恩。

萊恩手裡抱著她的手機。

「有電了嗎？」他問。

「其實應該是壞掉了。」她站起身來，那高頻率聲音也變得更加劇烈，「他把它摔壞了，我還以為沒電，你聽，好吵，會不會爆炸？」那聲音竟來自手機。

阿彥將她手機的電池拔掉，電池脫落手機的那刻一切都回復正常，好尋常的正常。

他緊緊擁抱女人，他不在乎女人怎麼想，他也不在乎自己怎麼想，他不在乎，什麼都不。

（二〇一五）

我的Big Brother

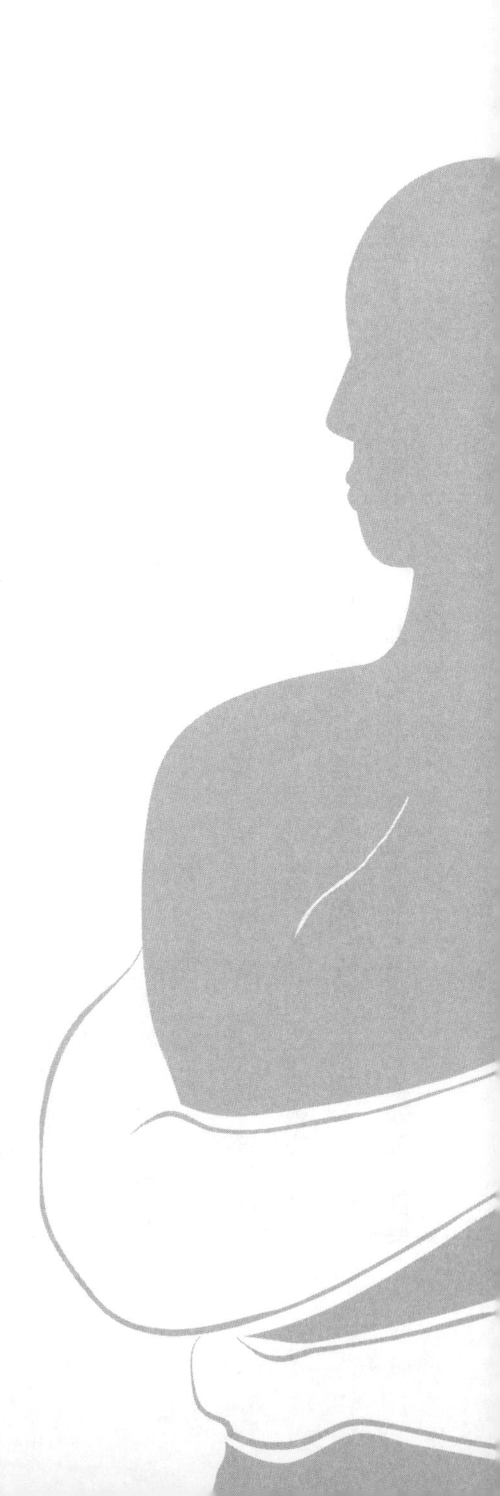

人類透過各種名稱和語言接觸世界，抵達宇宙萬物。這樣的過程有些浪漫，但是「命名」的本身帶有極為粗暴而原始的強制性。有些東西是語言無法捕捉的，除不掉的「魅」，例如「道」。但道以外的事物一旦被語言捕捉就是收服，那是後現代攻擊的目標，有時卻也難以瓦解。

我的身體內外皆繼承了強制性的標籤，也就是人類的歷史，更強的魅。我輩被命名為男人。我輩被命名為男同志，gay，同性戀，甲甲，死 gay 炮。Asian、中國人、閩南人、台灣人。中華台北人。許多人堅持以這些名字將我勒住。我輩逃離不了它們。後現代無法解構它們。事實上後現代的概念太過知識階級了，是一種需要多年心智苦難才得以淬鍊的超能力，常人一般無法透過那樣的神力解構他們祖宗留下來的智慧。

所以他們繼續活在前現代的潛意識裡。就像那巨型冰山下方的海床上，海星被融化的鹽柱凍斃，無光的死寂星空。

我也繼續活在潛意識裡的前現代。我出生在七年級作家嚮往的九〇台北，接著就好像注定要一輩子困鎖在這盆地。那是我的幼年期，卻是他們的青春期。台北曾經是湖，潛意識裡台北人都是台北湖裡困惑盲目的魚，不曉得湖水終有乾枯的那麼一天。

我們命名了九〇，定義了九〇，九〇被活生生地釘住以供人們凝視。我看著那條瘦瘦長長的九〇，二十世紀最後十年的台北，荒人和鱷魚，神是魔，魔是神。華麗島的世紀末自由奔放，千萬福爾摩莎人帶著剛出世的我們義無反顧衝向新世紀，刷地，刷出一抹泛白暈的世紀初，如浪潮褪去，北海岸裸露的不是淤黑，而是冬日的慘白。

我的 Big Bro 在世紀初考上大學。他獨自一人南下台中讀書，他奮力地衝，勇敢地衝，七年級生無所畏懼的靈魂，衝碎了母親的心，衝擊了我的童年。他是我的哥哥，我的 Big Brother。

他所帶來的衝擊波總共有三次。

第一次是九二一大地震。他和高中社團的同學組成志工隊，打算休學到中部山區救災。他們說那是 gap year。他們認為台灣可以因為他們而更好。

你們還是學生，學生要有學生的本分。母親這樣告訴他。

他同學們的父母親也是這樣告訴他們。所以他們都沒有去成。但是 Big Bro 在深夜啟程，偷了母親兩千塊，我撲滿裡的五十塊，隔日母親沒有去公司，要我暫時到阿姨家，她要開車南下去找他，卻在過馬路要去開車時被機車撞上，左腳骨折。一個星期不到，Big Bro 就被警察帶到醫院見母親。

我並不知道所有的過程。我還在讀小學。半天的課結束，我自己搭捷運去醫院，就看到Big Bro和母親坐在一起吃布丁，母親也遞給我一盒。母親沒事，一堆藥，手上一堆塑膠管線。她沒事。他沒事。好像一切都是夢，可是我發現母親變老了，正如許多人都因為那場大地震而老去。Big Bro也變老了。可我沒有變老，成了目擊他們變老的人。

他牽著我的手上捷運。他牽著我的手出站，過馬路。我們去漢堡店吃漢堡。他熟練地幫我買起司漢堡和可樂。他自己也吃了一份起司漢堡，但是他喝黑咖啡。他是我的Big Bro，我在餐廳的桌上寫功課。他盯著報紙，他發現我在看他，就對我微笑，然後又繼續讀報。餐廳外下起了雨，我在桌上睡著。等我醒來了，他也睡著了。他在我的鉛筆盒放了五十塊。我的哥哥是個大人了，而母親已經是老人。

Big Bro已經是個大人了。星期二晚上他會帶我去運動中心游泳。游泳前我們會先去健身房。但是我年紀還小，所以我都坐在啞鈴區旁看他運動。健身結束，他的胸部通常是腫脹的，腹肌凹凸起伏，和他在泳池裡特別有安全感，而且我還感到特別驕傲，他是我哥，和泳池裡的其他大人不一樣，他健美而好看，他有時跟在我後面陪我游，有時他超前，轉過身來對我潑水。他腹部的毛髮被水濕潤，直直服貼在泳褲上方的肌膚。我仔細觀察他身上的每一寸肌膚，有些雀斑，有時他會讓我用手畫過他身上那些不規則的痣，我試圖把他肌膚上的痣連成線，盡可能地用我的手指頭和想像力形成有意義的圖騰。他下胸的痣常常連成一頭三角龍，手臂上的則像鴨子，也像水獺，他聽我的描述都會呵呵大笑，用力撫摸我的頭。也許我真可以在他的身上找到十二個星座。我喜歡他一邊大笑，一邊把我緊緊抱著撫摸。他的身體會發出規律的震動和溫熱。那應該不只是喜歡，而是一種強烈的歡愉。

有人說小學年紀是不可能有性慾的，甚至說兒童不應該有性慾。這讓那年紀的我覺得恐懼難堪，現在回想起來也覺得童年的自己十分齷齪，因為我有旺盛的慾望，而兒童應當是無性的，如娃娃沒有排泄器官也沒有性器官。

童年我常幻想 Big Bro 騎著駿馬，將我抱起來擁吻。父權的公主抱，父權的性慾行為，壁咚，強制性，在很大的程度上是性感的。很多人的童心傾向玩具火車和玩偶，而我的童心卻受到 Big Bro 的身體震撼，撲通撲通地，我的第一次臉紅，第一次渴望他人肉體的夢，尚未擁有初精前第一次用手玩弄陽具就達到高潮，第一次覺得自己極度骯髒，通通都受他啟蒙。而他什麼也沒做，他只是做我的哥哥，自然地長成了個有魅力的成年男子，自然地在浴室和泳池展示他的肉體。他什麼都沒做，我感覺自己卻做了太多骯髒事。多麼難堪的童年。而且我害怕所有接近他的女生。那些女生好像威脅著我和 Big Bro 的關係，隨時會把他帶走。

所以我成了個非常害羞的男孩。但這不代表我什麼都不知道。

母親剛下班，手上還抱著一堆公司的資料夾，外套還來不及脫下，拿著手機急促地講話感覺很焦慮。她迴避我的目光，走進廚房。我放下我的鉛筆，偷偷地跟著她到廚房。打給她的是我的阿姨。然後母親哽咽了一陣子，接著她繼續說話，聲音更急促。她說 Big Bro 常常跟高中裡的同學搞怪，參加遊行應該不是什麼嚴重的事情。阿姨又說了什麼，母親問他真的沒有穿衣服嗎。母親哽咽。所以他的身上寫了什麼，母親問。阿姨說了些什麼。母親說，他真的是嗎？是嗎？你也這麼想不是嗎？你到底想說什麼？現在的年輕人真的跟以前不一樣，他們只是愛玩而已你不要胡說八道。阿姨在電話中插了話，母親抱著手中的資料夾哭了起來。然後她掛了電話。我躲回了客廳繼續寫功課。

我隱隱約約知道了什麼。台北的同志大遊行，Big Bro 參加了遊行，裸露上身，身體上寫了和性有關的字，然後被阿姨目睹了，然後母親知道了。這是他給我們的第二個衝擊波。阿姨和母親的電話裡根本沒有提到同性戀，但我知道 Big Bro 是個同性戀。

Big Bro 回家了，穿著明星男校的制服。

你回來了，母親說。

去把書包放好，她說。

然後到佛堂去等我，母親的語氣平和。

所以 Big Bro 放好了書包，然後走到佛堂裡去。

皮帶脫下，母親說。

然後她關上佛堂的門。

佛堂和飯廳就只隔著一組長沙發。我坐在飯廳的座位盯著番茄炒蛋和烤香腸。

佛祖和菩薩那兒傳來母親鞭打 Big Bro 的聲音。我心裡卻感覺到一絲絲的喜悅。因為我並不孤獨。有好長的時間我都覺得自己好孤獨，我以為全世界只有我是同性戀。現在還有 Big Bro，他如此聰明而優秀。皮帶咻咻地，好一陣子，我也雀躍了好一陣子。門開了，然後門又關了，Big Bro 滿臉羞紅快步走回自己的房間。佛堂的門裡傳出聲嘶力竭的哭聲，母親的心在慈悲的眾神面前碎得滿地都是。

隔天，母親捧著消毒水和酒精如灑水觀音，楊枝淨水，遍灑三千，把 Big Bro 的房間擦拭得一乾二淨，滅罪消愆，火燄化紅蓮，Big Bro 的出櫃歷經了這麼一場全面的淨化儀式。我們的家浸泡在濃郁的藥水味和晚餐苦瓜燉排骨湯的香氣，感覺上也像 Big Bro 生了嚴重的病，母親對他應更加照顧。她覺得自己過去一定是沒有做好媽媽的角色，她認為是離婚造成 Big Bro 的變異。她在電話裡嚴肅地和阿姨談這些事情。她覺得自己應該再婚，這樣她的兒子們才有個男人可以當榜樣。

她們的那通電話說服了我，沒錯，好像真的是因為我們沒有一個正常的直男爸爸陪我們成長，所以我們才會長成兩個壞掉的男孩。這導致我有好長的一段時間覺得同性戀是後天的。因為如果同性戀是先天的，那就承認了我的病態，我就被迫得接受自己在很小很小的時候就有對男人的慾望。所以我應該是後天的同性戀，而且父母應該為此負上最大的責任。

母親的大兒子壞掉了，所以她理所當然地把希望託付在我的身上。在 Big Bro 出櫃後，我感覺到母親對我的栽培更加地用力。為了讓我接觸更多成年男子，她堅持要我參加小學的足球隊、國術社，到了中學便要我加入籃球隊並學習跆拳道。我和哥哥一樣讀了佛教幼稚園和小學共九年，國中讀天主教學校，從小補英文、數學、鋼琴和繪畫，然後考取台北市的明星高中。

她花了所有的心思要打造兩名成功的台灣青年，身體卻逐年壞掉。我目擊了母親病化的身體在她身上造成一塊又一塊的肥肉，增多的皺褶和重度挑染的頭髮。家族遺傳的心血管疾病和高血壓因為她的肥胖問題變得更加嚴重。她不停地吃，不斷地進食，儘管吃的是有機蔬果和糙米紫米，她消耗食物的速度還是十分驚人，她好像認為自己吃得越多就越健康。

我嘗試勸告她飲食的問題。我告訴她過量的飲食和少量的運動會帶來嚴重的健康風險。她說她都知道，並堅持她吃的食物都是沒問題的。她說那些食物是師姊送的，這些是佛光山來的，那些是師姊的，這些有機農場種的，那些另一座佛光山帶回來的，這些是師姊的，那些是佛光山……師姊、佛光山幾乎等同於營養師。她認為自己應該多吃，食物不應該浪費，我也應該和她一樣，感恩惜福。

但我控制了自己的體態，把食物分送給同學和鄰居。

我替母親在佛堂換上新鮮的百合，她拿沾清水的亞麻布擦亮觀世音菩薩的眼眸，她這時就又肚子餓了覺得應該要吃一點藜麥餅，配點烤海苔脆片和黑豆茶最對味。進佛堂前她其實才嗑掉供桌上的密黑棗乾、糙米餅和仙楂果。通通都標榜有機素食，卻也讓她吃下更多的熱量。

她盯著菩薩的眼睛發呆，那是帶有餓意的癡，母親強烈的飢渴，無法自覺且無從抵禦的貪嗔癡。我看著她那雙皺紋圍繞的眼，從裡面我好像能看清她的渴望。也許攝取食物讓她回想起自己懷孕時的感覺，湯湯水水，吞油噬肉，進食和女人的身體產生親密的連結，她覺得自己應該吃得更多更多，丈夫和大兒子的叛逃重重打擊著她，母性的飢渴刺激她應該再多吃一點，吃多一點，如此一來她豐沛的母性身體就能再把 Big Bro 給生殖回來，像個渴望分泌更多乳汁的雌獸，最好也能把那叛徒丈夫一起吸引回來，建立最幸福完美的家庭，一起在家中起居，分食佛祖菩薩施福過的有機山珍海味。

我從來沒有跟父親講過話。

第一次見到他的時候，是我剛考上英文系，而 Big Bro 已經在讀博士的時候。

我搭電車到中壢車站和 Big Bro 會合，再一起轉乘 Uber 到父親生活的工業城。他們約在一家五金行外，我則坐在對面的便利商店。我和那男人並沒有任何歷史，就算有我也不知道如何面對，所以我還是沒有上前和他搭話。

Big Bro 和他很有歷史，他們買五金行的酒，點菸寒暄。Big Bro 不時看向坐在便利商店喝茶的我。我仔細而接近殘酷地端詳他們。他們長得一點也不像。Big Bro 不像母親也不像父親。Big Bro 就是 Big Bro，他比我們的父母還要鮮明而美麗。父親長得好像我，所以我更加凶殘地盯著他的臉龐，他曬黑的肌膚，半開的襯衫，他的站姿微微駝背，他的頭髮，鱷魚牌休閒鞋，他滿身的灰塵。

父親和 Big Bro 站在一塊，就好像我和 Big Bro 站在一塊，但是他們站在一塊更好看，更成熟，是兩個穩重而熟稔男性情誼的兩個成年男人在互動，吐難聞的菸，飲難喝的酒，每一口都自然恰當，聊我根本無法應對的男子話題，每一句都自然恰當。我被摒除在外，我和母親都被他們摒除在外，如果我們在場一切都將顯得不自然而且不恰當。

Big Bro 讀大學後便很少聯絡我了，不再有人帶我出門運動和吃飯，只有我和越來越多心理和身體問題的母親。除非我主動否則 Big Bro 可能只有除夕夜會和我通電話。他從未回過台北的家。如果我不主動，我就將永遠地失去他。

後來我才知道，他在九二一大地震後逃家的那段時間裡留在一個原住民男人的家裡。那原住民男人是大學的兼任助理教授，他是 Big Bro 的 Big Papa，叫做阿苗。他們肯定也有所謂的 men’s talk 甚至 men’s love。阿苗住台中，四十多歲，在中、北部三間大學兼課，專教傅柯，所以 Big Bro 義無反顧地奔往台中求學。

我則留在台北讀大學，二十多年都未離開母親。

有天上完晚課，我剛回到家裡母親便抓狂地在佛堂裡尖叫。地上撒滿翻倒的平安米，她扭曲在中央，像是一場驅魔祭儀，而她被神靈附身，歇斯底里，神魔般地發出長吼。最後她嘔了一團惡臭的素食，躺在地上動彈不得連說話都不能。

原來是腦出血。她在醫院裡待了足足八日，並提早從保險公司退休，出院後還有一堆事情要處理。我尤其擔心母親的情緒，所以遲遲未告訴 Big Bro 母親的突發狀況，深怕他突然孝心發作趕回台北。我知道他的出現一定又會驚動母親。

新聞登在不少媒體上，在 Line 群組裡傳來傳去，台灣有越來越多城市開放同性伴侶註記，婚姻平權同性婚姻排山倒海鋪天蓋地襲入母親的世界。這是 Big Bro 給我們的第三次衝擊波。他和阿苗在台中的同性伴侶註記上了新聞專題報導，報導中兩人在教堂前擁吻的照片最終無情而大量地湧現在母親的手機、平板和電腦。

專題裡寫著，他們雖然註記為同性伴侶，年紀有如父子，但決定維持「開放式的性生活」，並不排斥多P也不排斥第三人進入他們的感情生活。這樣聳動的性愛宣言讓母親的精神潰堤，即使出院還是顯得神經兮兮，醫生要她吃蔬果，她就吃得比以前還要更多更多的蔬果和有機素食，像剛分娩完要不斷坐月子的少婦，不久她就要吃得更胖，血管恐怕就要全面潰堤。

阿姨說我的哥哥是個不孝子，書不好好讀還搞得生活淫蕩散亂，搞同性戀已經讓人難以忍受還玩這麼有愛滋病風險的混亂關係，以後不要再和他聯絡，他很快就會生病。

Big Bro 在外頭找到了他的生活，那也應該是我的生活，可是我被迫捆鎖在台北承受他造成的情緒垃圾。如果我可以離開呢？如果我也成為 Big Bro 呢？我在南下的火車上幻想著自己正在叛逃台北。火車進入桃園，出了地面，陽光是多麼明媚燦爛，連在火車上隔著玻璃我都能感覺到外頭清涼的爽風。

那已經是母親稍微穩定的時候，我搭車南下台中想要慎重告訴 Big Bro 母親發生的事情，但他卻推說他忙，要我在電話中講就好，不過我還是堅持南下，接著他說既然都要來台中就去一場他的讀書會。沒錯，已經讀博士的 Big Bro 在大學城裡繼續組讀書會，讀書會的地點在乾燥的公寓屋頂，兩把木桌子，塑膠椅，幾支光，印好的文本，啤酒配滷味，幾個人。那幾個人裡面不乏有中國和香港的留學生。我感覺這是一群男同性戀那樣的古希臘學院。光頭如老和尚的阿苗光著上身，穿著灰裙子坐在女兒牆和幾個年輕人說話，一名智者風範。

有個中國人知道了我是 Big Bro 長期未離開台北的弟弟，就問我台北是一個什麼樣的城市。我說台北常下雨，天氣不冷但台北人喜歡掛著圍巾走路。我說，幾米可能畫出了台北人的心靈，而台北人都像是一條條的魚。

Big Bro 喝了一口啤酒，咬了咬菸嘴。他說，我弟讀文學的，老愛講抽象的字句。Big Bro 打了個呵欠，歪著頭。他說台北雖然是中產階級都市的代表，卻也是一個自由的城市。他說台北是亞洲的同志和酷兒首都，文化包容度高，每天都有各種劇場和市集，也有大夜市，適合來個班雅明的漫遊者探險，且離山林野外也不遠，可是犯罪率卻遠遠低於舊金山，薪資和物價也都遠遠低於舊金山，有點像柏林，但比柏林更喧鬧。他啜了一口酒，說台北既不是柏林也不是舊金山，台北就是台北。你可以看著這座城市對他說晚安台北，醒著不睡然後說早安台北。如果睡著了還是要記得，等你醒過來台北就不一樣了。台北好自由，酷兒的台北，酒精的台北，只差沒有大麻但台北有太多小吃，gay pride 結束後除了酒吧和三溫暖，還有太多餐館可以去。

他打斷我的發言。浪漫多情。

我心裡想的是，我在台北時時刻刻都好餓。和母親一樣，她餓我也餓。便利商店的食物越做越美味，甚至不輸夜市小吃。冰箱裡放了母親買來的各種食材。她還是愛逛有機超市，師姊推薦一家她就去一家，每次逛完冰箱就會多出幾包當季蔬果。還有她煮好的一罐罐的豆乳。但是我還是好餓。我和母親一樣餓。可我想的始終不是母親囤積的素食，不是便利商店也不是夜市的速食。

母親留了父親和 Big Bro 的相片在茶几上。茶几下還有幾只婚禮糕餅剩下的鐵盒子，裝滿相冊，好像我們還是美滿幸福的家庭。

我的飢餓已經到了極為病態的程度。我看著 Big Bro 高中時在籃球隊的照片，他長毛的腋下，十六歲修長的手臂，我竟然勃起。我不知道病理化這樣的生理反應是否恰當。他大學離家後，房間被母親保存起來。她會進去偷哭，我會進去打手槍。

Big Bro 的房間乾淨無比。母親使用完就會把眼淚抹乾。我也會把精液擦掉。如果我和母親都不清理他的房間，他的房間會被他母親的淚水和他弟弟的精蟲淹沒。

台北人也是餓壞的魚，和天氣那般濕濕黏黏。

他說話時讀書會裡的成員都會看著他說話，他不只是我的 Big Bro，他也是眾人的 Big Bro。他對著中國來的留學生，告訴他，中國的任何一個城市都可能做得比台北更好，只要中國人醒過來，只要中國人明白身分認同的執迷不會帶來更好的世界。言下之意，他希望把整個中國，甚至整個東亞都丟進後現代的巨型果汁機，用力絞碎分離。除魅的遠東。

阿苗的手放在我的肩上，手指有意識地垂放在我的胸前，直接隔著我的衣服觸碰到奶頭，但他沒有看著我。他看著 Big Bro。我也看著 Big Bro 說話。

Big Bro 說起話來總那麼有自信。他的笑容和傲氣讓人覺得舒服自在。他總是那麼英俊，說話總是如此天花亂墜。我喜歡 Big Bro 說話時活躍的喉結，時不時挑起的眉毛，鬢角上的汗珠，但看著看著心裡竟燃起滾燙的怒火，燒得我滿臉發燙。

阿苗離開了我身旁，又到另一群男孩中間去。那把熊熊的火越來越發燙。

我說不出那火為何燃燒，我為何憤怒。Big Bro 喝不醉，所以我幻想他喝得爛醉，我找不到更骯髒的字眼描述我要犯下的罪行但總體來說我要他醉得無法抵抗，剝除他所有的衣物然後將他綑綁然後用我的嘴巴舔舐他的乳頭。等他醒過來我們的世界終究還是一樣的，但是我舔過他的奶頭。

後現代的人類都是一隻隻在天際翱翔的飛鳥，有各種鮮豔獨立的形狀和色彩，在無邊無際的宇宙穿行。而台北人是一隻隻台北湖裡的魚，學會了飛鳥的姿態，有了各種獨特的飛行姿勢和各種光彩的鱗片，在湖裡如飛鳥優游。有些人真的飛出了台北湖，真正告別了台北湖，如 Big Bro，而我永遠地滯留在湖裡觀看他在天際飛翔。

我滯留，是為了我們的母親。

住在台北年年有魚，是多麼幸福的事。魚群泅泳，地上地下，Big Bro 游出去到了島嶼的中部。我在他的枕頭下找到了一本原文的《一九八四》。他也出生在一九八四年，按照小說裡的世界，我們生活在三大強權之一的東亞國。一九八四年我的 Big Bro 出生。其實母親常把他的出生掛在嘴邊，他剛出生時是個大嬰兒，哭得好大聲。母親說那天其實很稀鬆平常，天無異象，倒是鄰居養的一隻透明金魚失蹤了，公寓裡外貼滿尋魚啟示。現在想來那是多麼荒唐的事情，也許真有那麼一隻透明的金魚在城市裡飛翔。母親清楚記得所有 Big Bro 的生活細節，我們都深深地愛著他。

大洋國的街頭隨處可見 Big Brother Is Watching You 的海報。也許在東亞國，那海報中央會是一條我們深愛的魚。那應該是我和母親貼的海報，Big Bro we are looking for you，你游了好遠好遠，飛到了母親無法諒解的那方。

Big Bro 回到租賃的公寓尿尿，我跟著他過去。

我靠近 Big Bro，我聞到他衣服氣味的芳香，好像進入到他的衣櫃。廁所好涼，我們的體溫和尿液是熱的。如果我打開 Big Bro 的櫥櫃，裡面可能會散落著各種詞語，例如男人、同志、酷兒，又例如左派、社會主義者、台灣人。那些詞語不再只是詞語，而是他櫥櫃裡的配件，他可以隨時自由搭配它們然後美麗地走出櫥櫃，讓這些詞語在不同場合、不同時間襯托他的肉體，他的靈魂。

我告訴他，我有話必須跟你說，真的很嚴重的事情。

我是你哥，你是我弟，我們之間有什麼不能談的？

我很難告訴你發生什麼事情，可是媽前陣子腦出血住院。

叫她多休息吧。

就這樣？

叫她去學太極拳。

你是我哥，我是你弟，我們之間好像有很多事情不能談。

我們都喝很多酒囉。Big Bro 對我說。

如果喝醉了會怎樣，我問 Big Bro。

我會把你丟到火車站要你在那邊打地鋪。Big Bro 對我說。

所以，

一九八四年台北的天上流浪著一隻透明的魚。

他是一隻偷偷溜出魚缸的金魚，從老公寓沒關好的鐵窗飛了出去。

那是一隻才剛學會飛翔的金魚，只可惜他是透明的所以沒有人目擊。我對 Big Bro 說。

我很久很久沒有喝得爛醉過。

喝了一次白蘭地和台啤的混酒我也不會爛醉，

可是 Spotify 不知道哪來的一首歌可能就要我爛醉。

如果鐵窗沒有關好我肯定就會飛出去。Big Bro 對我說。

但是你又不是透明無色的。

爛醉如果是一座吊橋，那我現在就站在那用力搖晃的吊橋，看著四季景色在吊橋下使命地交替，我想在風裡交配。我對 Big Bro 說。

在風裡交配？

對。

在風裡交配不冷？

跟對的人在風裡交配就不冷。

你有對象？

有。我想跟那隻透明的魚在風裡交配，會像自慰，因為根本沒有人看到得那條魚。

你知道嗎？我好想把媽媽殺死，但我想用你的皮帶把她勒死。

我討厭她身上流汗的味道。我討厭她的肥肉。我討厭她吃菩薩的食物。

她最好多吃一點東西吃到去極樂世界。

我要你新鮮的皮帶，上面還有你新鮮的溫度。我對 Big Bro 說。

你說話瘋瘋癲癲，跟阿苗那瘋子一樣。

阿苗喝酒也是瘋瘋癲癲。
他抽出我的皮帶，脫下我的褲子，隔著內褲幫我口交。
阿苗也是個寫詩的人，他用舌頭在我的內褲上寫出一篇篇的詩歌。
蓊鬱的古鐘敲響苦悶的老寺，
這隻黑蛇，
爬上嫩白的檳榔木，
親吻那佛珠般的檳榔果，
在雨季來臨前的晚風，
驚醒了，
好年輕的小和尚。Big Bro 背誦了阿苗的詩句。
你覺得溫斯頓在寫下 April 4th, 1984 之後，是不是也應該寫下詩歌？我問 Big Bro。
戰爭即和平；自由即奴役；無知即力量。他背誦道。
那答案就是否定的了。詩歌不站在戰爭那兒，詩歌不支持奴役，詩歌害怕無知。
詩歌害怕無所不知的立場。
也許溫斯頓應該給茱莉亞寫首詩。

茱莉亞為溫斯頓寫過一首最震撼的詩。

有嗎？

只有三個子。

I love you.

對，I love you。

他們擦肩而過時，茱莉亞把字條塞到溫斯頓的手上。

那是最不應該存在的三個字。

罪該萬死。

在一九八四那年根本不存在的三個字。

很powerful。

很窒息。

我覺得好台北好窒息。我說，聲音哽在喉嚨，於是我又再說了一次，我覺得好累因為台北讓我覺得好窒息。我每天都活在冰箱裡面，冰箱裡面被媽媽塞滿蘋果鳳梨香蕉番茄洋蔥放了好久的滷汁還有雞蛋皮蛋豆腐塊中藥包。我每天都活在冰箱裡面，活在冰箱外頭的人都不知道裡面住滿師姊菩薩佛陀而且塞滿好多免費佛經和環保筷購物袋根本無法轉身如果轉身會敲響一堆木魚。木魚也會飛走嗎？你以為我不想出櫃嗎我想爆了我每天拉著老公寓的鐵窗對著天上沒有顏色的魚用沒有聲音的嘆息大吼啊幹我是同性戀跟我媽媽說我是同性戀但是我希望她知道以後還會好好活著。台北一點也不是自由的地方，因為你已經離開台北追尋你的人生你的自由你的所有理念但是我沒有辦法離開因為我一離開我們的媽媽就會沒有人照顧她就會死掉。你成為了一名孤兒，然後才是酷兒。而我根本連成為孤兒的資格也沒有。

Big Bro 說，你想太多了，你得讓那女人長大，世界不是繞著她旋轉。

喔不，那她就更應該死，我說，媽媽應該多吃那些拜過的餅乾零嘴最好把自己用有機糙米塞得滿滿吃得越多越好越撐越好這樣她的血管就會淤塞然後爆裂最好是腦動脈爆裂而且要是最致命的爆裂。Big Bro 和我還在廁所。我用力把他壓在牆上，拉開他的衣服然後把我的臉貼在他的胸部上，我離他的心跳他的乳頭好近，我隨時可以吸吮他的乳頭。我對他說，我愛你。

「夠了。」Big Bro 把他的衣服穿好，洗了手，洗了臉，「你喝太多了，你這樣我不想讓你睡在我這。」

「你跟阿苗住嗎？」

「他等下要搭客運去新竹，他早上還要上大學部的課。」他嘆氣，「我也愛你可是我愛的是阿苗。」他說完自己笑了起來，「你是我弟耶。我當然什麼都罩你，可是幹，你不能亂喝酒就對我亂來啊。這是酒後亂性耶，阿弟，你不怕我揍你，我還怕我把你揍死。」

「你覺得媽什麼時候會死掉？」

「跟你說，她雖然那麼不健康，那麼有事，可是我覺得她很有機會活到八十歲。」他對我微笑，「你幹麼那麼希望她過世啦？」他的手抓住我的肩膀，仔細地端詳我。

「如果她還可以活到那麼老，我那時候已經是一點也不性感的老男人了。」我絕望地說。

Big Bro 大笑起來，喉結上上下下地，他宏亮的笑聲讓整個廁所都在震動。我想起了阿苗，他雖然是歐吉桑卻還是性感。

「我是說真的，」我告訴他，「如果我也出櫃了，如果我也跟你一樣，她會完蛋。我沒有辦法看著她玩蛋。

「在你面前我覺得自己真的很蠢。」我說。

「想到那女的，你記不記得我們幹過一件超蠢的事情？」他繼續說，「那應該是我四年級的時候，你還很小，我們把媽的內衣穿在身上在床上跳來跳去，你記得嗎？」

我完全記得。我們把媽的內衣穿在身上，抹上她的口紅和香水。我們美極了，比媽媽還要美。記憶中的房間充滿婚禮氣球和泡泡，我們在母親的床上舉辦了一場婚禮，我和 Big Bro，我們用口紅在彼此的臉上留下印記。

「這樣有讓你覺得自己不是唯一的蠢蛋了嗎？」他笑著說，「我覺得我幾乎是這一天才認識你。我都不曉得原來你話這麼多。」

「我還是覺得自己很蠢。」

「給你看著很厲害的風景。」他拉我離開廁所，進入他和阿苗的臥室。

這就是他們多年的起居空間。牆壁都被書櫃塞得滿滿，床腳疊著陳舊的書，床上也有書。除了書，這間房間其實非常破敗髒亂，亂丟的紙張和文具堆在角落的桌子，角落有些字畫和花瓶。唯一整齊的地方就是他們開放的布衣櫥，有些寒酸，就幾件毛衣和外套，簡單的短袖和襯衫。這就是他們的生活，只有書和人，人和書，學者的生活。Big Bro 的博士生活很節儉，而阿苗在大學兼課的收入恐怕也只勉勉強強高過每月基本工資。Big Bro 對我燦笑。

他拉開粗糙的布窗簾然後用力推開窗戶。「這風景是不是很厲害？」他問我。

方才的黑夜通通消失被東方炙熱奪目的太陽燃燒殆盡。我的眼睛被陽光刺得睜不開。我勉強睜開了眼睛，Big Bro 要我好好看看窗外景觀，他要我望向遠方，空氣有些塵埃飛舞，我還是沒辦法看清楚窗外的景色，實在太明亮了，我覺得我還活在昨日的黑夜，但我感覺到一條魚在我眼前飛，他的影子留存在我的視覺，我閉著眼睛都還能看到那條魚。

一九八四年，他逃跑了，那條被深深愛著的魚。

（二〇一八）

螢橋

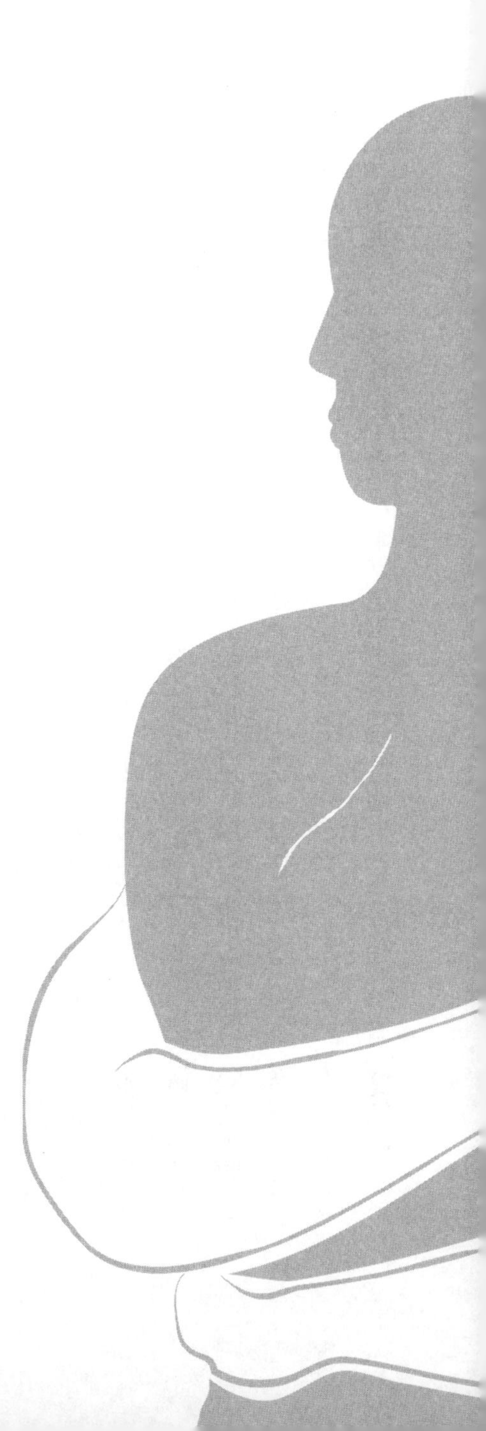

台北城南，被午後一場剛烈的暴雨悶煮過後，深夜便沉入那熱騰騰的夢裡。香綺從古亭站走出來，捷運的清涼立刻蒸發，額頭冒出細微汗珠，她輕皺眉頭，勉強笑了一下揮揮手，暑氣和佑華迎接她的到來。兩人手牽手，踏著悠哉的步伐，走入那夏夜濕黏的同安街。「這裡沒有蟬聲。」香綺說。「因為這裡是市區呀。」佑華說。「而且這裡連一點風也沒有。」「因為這裡是台北盆地呀。」

「從台中來這，一下子真的有點不習慣，你自己這一年來還習慣嗎？」香綺問他。他們已經走進廈門街的巷子裡，窄窄小小，悶悶的，冷氣的運轉聲隆隆作響。

「可以啦，有時候還是會有點懷念台中。」

他們都是台中人，是高中同學，從高三交往到現在，夏天過後兩人就要升上大二，一個隻身台北念書，投入左翼學生組織；一個留在台中，努力想成為小說家。香綺戴著粗框眼鏡，整齊的馬尾，白白淨淨，穿著白色的系服，連布鞋也是嶄新的亮白色。佑華沒什麼在意外貌，黑色汗衫，藍白拖，皮膚被仲夏烤得焦黑，平頭，還有些菸酒味，簡直是工地工人的樣貌。但他高中不是這樣子的，至少高中時他是陽光單純，不菸不酒的大男孩。

「別抽菸。」香綺說。她把佑華剛拿出來的香菸搶過來，塞入她的粉色手提包裡。

「你以前根本不是這樣，你打籃球，寫刊物，你看你以前多健康。」

「抽菸是生活的一部分吼。」佑華笑了笑說。

「吸你的二手菸不是我要的生活。」香綺生氣的說，「你是不是喝酒？」

「所以才沒有騎車載你呀。」他抓抓頭，像做錯事的小孩。

「我不是要你不菸不酒，可是我希望你可以適可而止，你可不可以在意一下你自己的健康？你看你瘦成這樣。」香綺像他的母親。

「台北東西貴吼。」

「東西貴你還能買菸買酒？」她責問道。香綺瞪著他，看著他那無辜的表情便又忍不住笑了出來。「我們去那裡買果汁。」她指著前面的紅色便利商店說，矮胖禿頭的中年店員正在外頭處理菸灰缸。

「我租的房子就在對面五樓喔，那裡。」他也指了指前方的排排老舊公寓。

「喔，牯嶺街呀。你怎麼都沒告訴我你住在牯嶺街旁邊？」香綺看見便利商店前的路牌。牯嶺公園就在對街，幾顆大樹在路燈下變成巨大的剪影，裡頭還有逗留於暗夜的人影。

「怎麼了？牯嶺街有什麼特別的嗎？」

「這是舊書街呀，戰後那些日本文人急著離開，很多文學的，哲學的，思想的書帶不走就在這裡賣呀，然後好像就變成一個習慣，舊書都會在這裡賣。追分火車站出去也有一家舊書攤，就叫『牯嶺舊書攤』。」她慢慢解釋，然後就叮咚一聲，走進紅色便利商店。

「喔，這我就不太清楚了……」佑華也跟了進去，叮咚叮咚。

「有一部很經典的電影叫做『牯嶺街少年殺人事件』，總聽過了吧？」

佑華搖搖頭。香綺隨手拿了兩罐柳橙汁，就走到櫃檯結帳，台北真的是台北，和台中好不一樣。

「你室友都在吧。」她在比較乾淨的餐桌坐了下來，想先喝喝果汁，吹吹冷氣。

「都在啊。」佑華回答。他笑盈盈地，用手輕輕點了一下她的臉龐。

「幹什麼呀，奇怪。」她啜著果汁，看著窗外模糊的牯嶺公園。

他又用手點了她的面頰，模仿周美青的語氣：「奇怪ㄟ你。」

她咯咯笑了起來，「幹麼啦，幼稚耶。」

「這是你第一次來我這耶，」他說，「好開動喔。」

「說到這個……」香綺欲言又止。

她本來是想要抱怨的。這一年來，她都渴望他能常常回台中，可惜他經常因為社團太忙無法回來，本來兩個星期回台中一次，變成一個月一次，又變成兩個月一次，他總以社團太忙為理由頻頻道歉。甚至當她主動要去台北看他，也被他婉拒，「不行啦，我得開會，而且週末有活動，你上來我也很難照顧你。」

她從未對他表示抗議。她希望能順從他，希望不干擾他的生活。不過，最讓她難以承受的還是他的安危，每次他在抗爭行動中被警察拖走或施暴，她都忍不住為他流淚好多夜晚，擔心他受傷，而且在電話中她還得強忍淚水怕他聽見……可是，她已經不確定這樣的容忍還能持續多久。

佑華正大口吸著柳橙汁，故意嘟起嘴逗她。他看起來還是個天真的大男孩，她根本無法對他生氣。

這次她主動上來台北，是因為她真的太久沒有看到他，除了思念也很擔心他的狀況，而明天下午凱達格蘭大道將會被學生和各界團體占領。香綺覺得，至少這次她可以在附近，隨時留意他的安全。本來佑華是不讓她上來台北的，直到香綺說她必須到台大附近看書和買書，他才妥協。

「你剛剛想說什麼？」佑華問。

「我想說，今天早點休息。」

牯嶺公園此時出現了一個男人。

「那男的看起來好怪。」香綺說。

「看起來很正常，這一帶常常有類似的居民。」他說。

「創作課上老師會要我們去觀察人，去描述那個人，」香綺看著窗外那靜止不動的男人，把剩餘的果汁喝光，「我覺得這個人很像《牯嶺街少年殺人事件》那年代的人，你看他穿白色汗衫，頭髮又那樣長，西裝褲配黑色的皮製拖鞋。背後或是褲子可能藏刀，用報紙包好的刀，說不定他可能就要去復仇殺人，為某個女孩，為某個癡情的高中少女，又或是因為得不到她的愛而要將她殺死，殘酷的愛。」

「他應該是工人階級。」他直接插話。「你看，他的臉很嚴肅，而且還有點紅紅的，應該是剛剛喝完酒。工人為什麼要喝酒？我們常常認為酒應該少喝，卻從來不去思考工人為什麼要喝酒。資本主義社會下的勞動環境很變態，工人被資本家剝削，被壓迫，平常工時可能很長，薪水很低，只有喝酒可以……」

「他也讓我想到《家變》裡的那個兒子，」香綺看著窗外，手裡的果汁瓶緊捏在手裡，「大學歷史系助教，陰鬱的臉龐，痛恨自己的父母，看不起自己所成長的環境，在父親生日當天把父親逼下桌，只因為父親的吃相很難看。你看他那陰鬱的臉色，你不覺得他的確忍受著類似的情感創傷或是壓力嗎？也許他正在街上尋找自己的離家出走的老父親，雖然百般不願意但他還是他老爸。他可能本來穿著襯衫的，但天氣太熱就脫下來只剩下現在的汗衫，他不穿皮鞋是因為下午下了場大雨，地板都還有些濕濕的……」

「他看起來嚴肅是因為壓迫啊，壓迫就存在你與我的生活之中。他絕對是工人階級出身的，不過大學助教這也是有可能，現在的助教也工作在惡劣的勞動環境，薪水超低，你看我們台大就是，然後工作量又大。也許我們真的需要一場社會主義的革命，最理想的狀態是農村包圍都市，其實我最近就一直在思考，是不是該下去雲林搞一場。」

「台灣沒有農村。」香綺站了起來，她很生氣。

「台灣怎麼會沒有農村？」

「城市包圍農村是既定事實，台灣沒有幾個農夫了，台灣是中產階級的天下，就算你取得工人和農夫的支持好了，他們也只是少數族群，而且你會失去大部分的群眾。」香綺的聲音聽起來很不悅。

「你這樣說會有一個嚴重的謬誤，我們現在的護士啊、老師啊、工程師啊、設計師啊什麼的其實都是廣義的勞工啊，他們正受到壓迫，只是無法指認是誰在壓迫。」

她想罵人，什麼是他口中的「壓迫」？她累積了很久的憤怒，她想要宣洩，但她不知道怎麼對他生氣，「剛剛飲料是我請你的，你這樣很過分。」她卻只想到這句話。

「好啦好啦，對不起啦，來啦，我幫你丟垃圾。」他又開始裝可愛，裝無辜，香綺的心也還是軟了下來。

他們爬上五樓，公寓的樓梯間其實滿乾淨的。打開佑華公寓的門，菸酒味竟就撲鼻而來。

「喔，天哪。」香綺看到客廳的景象差點暈過去。客廳基本上是他們學運組織的辦公室，沙發上都是零散的紙張和書籍，白板寫滿密密麻麻的潦草字跡，玻璃茶几堆滿啤酒罐和啤酒瓶，中間兩盤菸灰缸插滿菸蒂，其中一個菸灰缸還是堅挺的陽具造型。

「喔，我的房間是那個。」佑華趕緊把她的包包拿到他的房間去。

「不是說你室友都在？」她到處逛，一下子去廚房，又去浴室看看，又捏著鼻子在其他房間來來回回。

「喔，」佑華笑了一下，「他們今天晚上住別的同學那裡啦。」

香綺從走廊裡走了出來，站在房門邊，嘆了口氣，「下次不必這樣。」

他起身，房間看起來是刻意清掃過的，從櫥櫃拿出湖水綠的浴巾給她，「乖，去洗個澡，今晚我們有很多事得做。」

「做你的頭啦，早點睡啦。」接過浴巾後她便洗澡去。

那夜，床上的纏綿後，她記得佑華那祥和的熟睡面容，像嬰孩似的平靜。然後她作了一個奇異哀鬱的夢。美軍空襲過後的台北，鮮血染紅太陽。古亭町的螢橋。在那戰爭時期的盛夏夜裡，螢火蟲的光火在河畔閃爍，如要過河返家的皇民幽靈。

香綺是古亭町的高校女孩，黑色水手服，圓框眼鏡，兩條麻花辮子，在螢橋上駐足，整個人陷入光海的夢境。「莫非這是死亡的預告。」戰爭即在眼前，轟炸剛過，雖然螢火蟲比起往年還要異常的多，異常的亮，但今夜的古亭町沒有人賞螢。

光海的另一端，橋上，佇立著男孩，乍看是佑華，卻是面容更憂鬱的佑華，左臉上還有些汙痕。他穿著立領的黑色制服，沉浸在那靜謐的光海中。

「火車票在這裡，」男孩說，他舉起他的左手，「我們現在就離開台北，到台中去，可以去海邊，也可以去山裡。」

女孩沒有回答他，她覺得自己失去思考的能力。

「政府在招募軍人，我隨時要去戰場。我們要趕快離開。我們可以去山上生活，那裡沒有空襲，我也可以繼續在那裡發展地下的抗日組織。」

女孩無法思考，憲兵隊近來才從學校逮捕一批學生。「我認識的男學生都要上戰場的，說他們要永遠效忠天皇，他們要為帝國玉碎。你雖然立場和他們不同，可是你和他們其實是一樣的。」她只能這樣說。

男孩嘆了一聲氣，「我和他們其實是一樣的？」他側身望向光海。

女孩無話可說，她沒有立場，她誰都不支持，她只要男孩平安無事，她只要他們兩人攜手走完安然平和的人生。

她在心裡，大聲對他喊話：「我不要你投入。為什麼你要把自己當作夜晚的蠟燭不斷自燃，忘記我的存在？你走了之後那我的生命還剩下什麼？」

「務必平安。」但是女孩能說出口的僅有如此。

逛了一天的書店，香綺正在溫州街的咖啡廳寫作、看書。她想將昨夜的夢寫出來，寫成短篇，那是非常真實的夢，活生生的夢，也許是前世的記憶，但基本上，她現在根本沒辦法專心寫任何東西。桌上的卡布奇諾已經是第三杯，她摘下眼鏡，再啜了口咖啡。她又打開word檔，面對那一頁空白找尋任何可能成為故事的畫面，她感覺自己的心跳正在加快，螢橋上的光海，還有佑華。她一直等不到佑華的電話，又不想撥電話打擾他。根據臉書上朋友的動態，凱達格蘭大道到了晚上九點多，人潮竟然都還未散去。

「喂，嘿，香綺你聽得見嗎？」佑華這時才打了過來，電話裡的聲音非常嘈雜，雜訊很多，感覺不只有兩個人在這通電話中。

「香綺喔，你在台大那裡嗎？這邊晚點還有活動啦，我不能說太多，電話正被監聽。」

「沒關係，我過去找你。」香綺打斷他，「我到凱道就打給你。」

她覺得她一定要立刻趕到凱達格蘭大道，也許這世紀最血腥的衝突會在今晚發生，國民黨可能會派駐大量軍警，會不會像埃及革命那樣軍警掃射學生？說不定還會有坦克車。

她不記得她怎麼趕到凱道的。她只知道她走得很快，可能有一段時間還是用跑的，她快步走進捷運閘門，擠進車廂，沒有思考，心跳很快。捷運車廂內一派祥和，台北人低頭看雜誌、看報紙，這是週末，很多人手裡提著剛買回來的新衣服，講手機的人甜蜜地輕聲細語，有人戴著口罩睡著，少男少女牽著手看著同一台平板電腦，笑容甜甜的很安靜，滑手機的滑手機，香綺還聞到有些人身上有燒烤店、火鍋店的食物氣味，上上下下的台北人非常有秩序，這是個自由、平等、博愛完全落實的國度，這是太平盛世，沒有戰爭，沒有衝突，沒有壓迫……然後她快步走出去，好幾次和台大醫院站前的人群擦撞，走過二二八公園，發現路被封，又再繞路，渾身濕汗，氣喘吁吁。

她在一處立委的反核攤位前看到佑華，他手裡正握著手機應該是要聯絡她。他笑了笑，有菸味但沒有在她面前抽菸，他嘻皮笑臉地問她要不要吃黑豬肉香腸，攤位就在旁邊。她說不要，還用力捏他的手臂，責問他問什麼沒打給她報平安。

「來，我帶你去跟大家認識。」佑華就拉著她，穿過台灣獨立的旗隊，走入集會人群的核心。日本帝國留下的總督府就在他們眼前，傲視這片土地上的人民。

很多大學生，凱道上幾乎都是大學生。

「哈囉，這是我女朋友，」她被介紹給這群人認識。

「對對對，」佑華熱心地介紹著她，他們從未見過她，「台中上來的。」

「台中？那你認識葉宗仁他們嗎？」一位長髮飄逸的白淨男孩問，非常清秀如少女，他還有發亮的銀絲耳飾，穿著長裙般的彩色褲子。

「不認識。」香綺微笑搖頭。

「宗仁哥哥，你過來啦，你們台中的啦。」男孩往旁邊呼喊。

胖胖的男生走了過來，頭髮也很長，沒有梳理，很油膩，皮膚又黑又髒，渾身汗臭，身上貼滿「拆政府」的貼紙。「讀什麼的？」

「文學。」香綺也是微笑回應。

「怎麼會想來？」宗仁的語氣冰冷，表情僵硬得像廟口準備祭祀用的神豬。

「幹，她我女朋友啦。」佑華拍了拍他肩膀。

「自己台中的都不趕快組織一下。」長髮白淨的男孩也拍了宗仁的肩膀。

「組織一下？」香綺不解地望著佑華。

「她不搞運動的，是小說家，寫小說的。」佑華補充。

「又是文青，等下帶她去和羅琳認識，她寫詩喔。」長髮白淨的男生說。

「你都在念什麼？」宗仁問，香綺注意到他的牙齒有些紅紅的，剛吃過檳榔。

「我學士論文要做王爾德的劇本研究，所以最近都在讀王爾德。」

「那種布爾喬亞的東西不用讀。」宗仁回應，嚴肅無比。

香綺有些不解，有些憤怒，她覺得宗仁就是隻滿嘴鮮血的自負吸血豬，可是周圍的人都默然接受他的評論，連佑華也是。長髮白淨的男孩正跟著舞台的音樂搖擺，手搭在香綺的肩上，他們正唱起〈美麗島〉。

「我是你男朋友的室友，你男朋友超帥的，我每天看了都想吃。」男孩說。他那秀氣的長髮有股淡淡的花香，有點舊時代女性的氣味。香綺對這種氣味很熟悉，她大一室友的香水就是這種老氣的味道，她阿嬤的房間也有類似的香味。他說他的綽號是「小葵」。

香綺只是微笑，她不知道該不該跟著〈美麗島〉起舞，她四肢僵硬，努力讓自己進入那音樂的旋律來麻痺自己的不自在。佑華正在和前面的幾個人談話，表情不太好，搔著頭皮，好像遇到什麼困難的事情。

「我和我男朋友每天晚上做愛都超大聲的，昨天怕打擾你們做愛，就跑去朋友家裡喝酒囉。」小葵說。

「佑華和兩個 gay 住在一起？」香綺不自覺地問，又覺得自己問了不應該問的問題，連忙說：「你知道我沒那個意思。」

「我超希望他是 gay，至少雙性戀也好，可惜是很硬的直男，硬到沒辦法掰彎，跟他打炮一定很爽，」小葵的嘴巴貼近她的耳朵，小聲地說，「他下面超大的，上次他喝醉酒我和我男朋友就一起偷偷脫他的褲子。」

香綺覺得有一股酥麻從她耳朵蔓延全身，「喔，他酒量的確不好。」她完全不知道該如何回應小葵。

「你是一個幸福的女人。」小葵說，「有些學運明星只有十一公分，他卻有十八公分，那種飽足感在文學的世界裡你會如何形容……逐漸糾纏你靈魂的火熱巨蟒？到底是巨蟒燃燒你的靈魂，還是你的靈魂燃燒巨蟒？」他用陶醉的眼神盯著她。

香綺大笑了一聲，小葵的問題令她極不自在，甚至有些噁心，「我不覺得那長度有什麼重要意義。」她說。

「喂！他們說該出發了！」佑華從前面回來了，「你好好跟著我。」他對香綺說。

「要幹麼？」學生開始向後方移動，她驚慌地問。

「這不能說，旁邊有便衣。」佑華說，他牽起她的手，「放心啦！」

香綺看到移動的學生裡有將近半數以上的女生，也就放心了些，女學生這麼多應該是不會有太激烈的衝突。這時有個高高的女生從旁側走了過來，靠在佑華旁邊，身高幾乎一樣，她臉上沒有笑容，穿著男生的汗衫，下襬是長裙，同小葵一樣是彩虹色。

「他們要你到前線，你注意安全，我幫你照顧她。」那女生對佑華說。

「喔，」佑華轉過頭，「香綺，這是羅以琳，你先跟著她，晚點我再和你們會合。」說完，他就小跑步到最前面，和一群學生拉起手，在兩台指揮車旁邊變成人牆。

「嗨，」羅琳對她微笑，她的輪廓很深邃，笑起來能散發舒服的暖意，讓人能夠輕易信任她，甚至把內心最黑暗的祕密都告訴她。「叫我羅琳就好，我剛剛聽小葵說你寫小說？」

「嗯，寫一些。」香綺回答，她無法放下佑華，不斷找尋在遠方的他的身影，可是只有混亂的人群，指揮車上的廣播她也聽不清楚。

羅琳跟著香綺的視線往前方看，拍拍她的肩膀，「放心吧，會沒事的。」

「現在我們要去哪裡？」香綺問。她們正和人群往前方移動，幾乎是被推著往前進的。

「你儘管放心，我們要去某個地方守夜，去紀念我們所熱愛的土地。」羅琳露出安慰的笑容，輕輕撫摸香綺的頭髮，像母親在安撫第一天要去上學的小女孩。

「你不覺得這是非常美好的夜晚嗎？」羅琳問她，「你不覺得這就像在深夜裡，你最疲累，最想放棄自己的時候，突然在荒野中碰見螢火蟲一樣，給人重拾力量的感覺嗎？」

香綺聽了她的話的確放心許多，她想起她在夢裡所夢見的螢橋，她還是在尋找佑華的身影，也許前面將會出現光海，他會平安無事地在光海的另一頭，她希望他能真正平安，她要看到他那嘻皮笑臉的幼稚模樣，「我只是怕佑華太累，他平常的睡眠都很差。」

「你都在寫些什麼？」羅琳似乎想要轉移她的注意力。

「我……我都寫些奇幻，我喜歡寫奇幻小說，最近嘗試在寫短篇的奇幻。」

「改天讓我看看吧，如果你不介意的話。」羅琳露出燦爛的笑容。

「他們說你寫詩，你寫很久了嗎？」香綺也問她。

「高中開始寫的，也寫些歌詞給樂團。」羅琳回答她。

學生隊伍從中山南路，往台大醫院的方向延伸，在經過醫院前，指揮車便安靜了下來，大家安靜地經過。「佑華他們那群人會走濟南路，我們會走徐州路，最後會集合在一起的。」羅琳說。這時香綺才發現羅琳並沒有穿胸罩，臉都忍不住紅起來了。

剛進入徐州路沒多久，前方就出現叫喊聲，大家開始四處張望，人群開始鼓譟，「往前！往前！」有人開始大喊，要大家往前方快速移動。羅琳也緊握香綺的手，小跑步地往前。香綺的心臟跳得很快，前方似乎出事了？

她看到佑華了。

他和宗仁、小葵和幾個警察扭打在一起，記者的閃光燈不斷地閃爍，前面混亂不已。人群快速往前移動，「怎麼會這樣？」她無助地對羅琳大喊。

「跟好我，我們一起到前面去，不會有事的。」羅琳冷靜地牽著她，跟著人群一起往前跑。

「大家快點爬進去！快點！爬進去！快！」宗仁掙脫警察，在前面大聲指揮。

陸續有很多學生爬進黑色的鐵圍籬，那是政府單位的大樓。

不知不覺，香綺就和羅琳來到鐵圍籬前，很多女學生也都已經爬進去了，有些人還穿著高跟鞋。她們也得爬進去。「香綺，放心，牽好我的手。」羅琳先爬了進去，將鐵絲網踢到草叢，動作竟也還是優雅，再回頭把香綺一起帶進來。香綺不敢相信自己竟然也爬過去了，一切都不是她當初所設想的。

「堵住大門！堵住大門！」有人在指揮大家，把辦公大樓的玻璃門全部堵住，「坐下來！大家坐下來！」他們必須坐下來，串聯成層層難以突破的人牆，警察也被包圍在人牆的最後面。

香綺還沒有看到佑華。大家都在大聲喊著口號，她沒有和大家一起喊，她也忘記大家都在呼喊些什麼，她只記得聲音很大，學生的情緒來到高峰，沒有看見佑華。

「無恥，」有學生大聲地斥責警察，「你們應該站在人民這裡。」

「結果你們卻站在施暴者的那一方。」

「你們所捍衛的到底是什麼？正義到底在哪裡？」

那些警察，據香綺的觀察，有些真的還很年輕，有人的腿還會發抖，眼睛不敢正視抗議的學生，她還看見一位警察，眼睛泛紅，偷偷拭淚。

「我們坐在這裡。」香綺帶著羅琳，到最旁邊靠近布告欄的地方坐了下來。旁邊的學生她都不認識，他們頭上都綁著黃色的布條，她不記得上面寫有什麼。

學生拿起「拆政府」的貼紙，用力貼在所有的牆上，玻璃門、門柱、騎樓地板、布告欄全都被貼滿。然後，有些人開始在地上噴漆，噴上大大的「拆」。布告欄也被噴上粗話，寫滿對政府強拆民地的不滿。能被噴漆的地方幾乎都被濺上了那血色的汙痕，齷齪的恥辱被刻劃在土地上，警察想阻止也阻止不了。「強拆暴政，強姦人權」的控訴將永遠烙印在歷史洪流中。

「應該拆掉他們的房子，兩個用沾滿鮮血的手去黏鈔票的骯髒男人。」小葵又出現了，坐在羅琳身旁。

羅琳只是笑笑，沒有回應他。

小葵從包包拿出三罐台灣啤酒，羅琳拿了兩罐，把其中一罐塞給香綺。

沒有看見佑華，讓香綺非常沮喪，她不在乎羅琳和小葵到底在聊什麼，她將酒吞光，站了起來，她沒有要去找佑華。羅琳和小葵沒有問她要做什麼，兩人繼續靜坐歇息著，像兩個虔誠的信徒坐在莊嚴的廟堂之中。香綺的內心燃起某種憤怒的激情，也許是因為酒精，也許是因為她找不到佑華，也許是覺得自己被帶進時代最混亂的激流裡而無法找到自我的定位。

兩個赤裸上半身的男孩在草叢後方擁吻著，在這華麗的夜裡激情，香綺幻想那是兩個佑華，他們會一起回頭拉住她，讓她和他們結合。

她往一位年輕的警察走去。那位警察就是剛剛在拭淚的那一位。香綺拿出她準備好的礦泉水，遞給了他，「辛苦你們。」

警察接過礦泉水，靦腆地笑了笑，「不，我不辛苦，我後悔自己今天來執行這樣的勤務。」

「這是你們的工作。」香綺說，經過一天的勞累，她也沒什麼力氣，就坐在警察旁邊的大石上。

「其實，我可以不接下今天的任務的，我真是笨哪。」警察羞澀地說。他看起來還沒有三十歲，看起來不凶狠，反而有些斯文，皮膚白皙，香綺很訝異這樣的人也能當警察。

「我……早就看不下去政府的所作所為了，」警察低頭說，他偷偷瞄了其他警察，他們似乎也累壞了，不太在乎學生的行為。「你應該也很清楚他那樣貪汙，那樣殺人不眨眼，那樣貪心的作為。我完全看不下去，卻也無能為力。」

「我一直覺得警察的工作是很神聖的。」香綺說，她注意到有些學生在瞪視她，可是她已經不在乎了。

「我本來是這樣覺得，可是在這個國家不能抱持這樣的理想，只要有國民黨在的每一天，正義就永遠無法實現，我真後悔我當上警察。」

「不是的，不是的，警察要捍衛的不只是正義，警察還要捍衛這個國家的尊嚴，你們今天的出勤很正確，不論怎麼樣我們都不應該用這樣不理性的抗爭手段，我始終不能認同我同伴對政府機關所做出的破壞。」

「同學，我不覺得我們今天的出勤是正確的，這個政府的確要被推翻，我沒辦法像過去那樣認同他們，我很掙扎，我常常很掙扎我們到底要什麼樣的國家，我們到底要什麼樣的政府，我也常常問自己，到底我們警察是在追求公平正義，還是只是一群為國家服務的軍隊？」

「你們是為人民服務，你們並沒有做錯事。」香綺說。她發現佑華了。他和宗仁站在辦公大樓旁的騎樓，眼神凶惡地怒視她，像兩個幫派流氓。她覺得自己被這兩個男人的眼神嚴重地蹧蹋，覺得自己被他們扒光衣服，用刀在身上刺上大大的「拆」字，她無法忍受這樣的羞辱。

她離開那位斯文的警察，快步往佑華和宗仁走去，怒氣衝天地走了過去。羅琳見狀，也立刻站起身過去，小葵緊緊跟在她身後。

「你們用那噁心的眼神看我是什麼意思？」香綺走近他們兩個男生，頭抬得高高地幾乎貼近他們兩人的下巴。

佑華沒有說話，他頭上綁著「官逼民反」的布條，瞪著旁邊的石牆。宗仁的眼神直直盯著香綺，眼裡的憤怒不亞於香綺。

「你自己作選擇，跟政府還是跟人民站在一起？」宗仁低聲問道，語調裡藏有滿滿的怒火。

「哪來的人民？」香綺誇張地比劃了靜坐的學生，「你哪來的人民？你以為我不知道你們口中的『做組織』是什麼意思嗎？」她深呼吸了口氣，羅琳連忙輕拍了她的背。

「你們……」香綺她繼續說，「你們根本就不理解這個社會，你們自己用眼睛用力地觀察啊，你今天就算把政府拆掉好了，或是學恐怖分子去炸大樓，去炸總統府好了，你覺得今天台灣人民會理你們嗎？」

宗仁張開嘴準備反駁，羅琳立刻向他比了閉嘴的手勢。

「我當然知道政府是多麼無恥出賣台灣人民，也知道他們那種噁心的暴政手段，我也很清楚不論是國民黨、民進黨還是中國共產黨都同樣是骯髒的政黨，可是你們的作法沒有辦法得到群眾！你們這是老派的社運手段，就算你們背後有很完善的論述支持好了，你們也無法獲得群眾，因為群眾根本聽不懂你們在說什麼！然後你們又用這樣的……噴漆，破壞，怎麼會有群眾追隨你們？」

「你不是寫小說嗎？中東有一位詩人就這樣說，」小葵插了進來，「你想成為一個只顧及自我發展而且只寫奇幻世界的文青，還是想成為一個清醒的思想家，會不斷去想什麼才是對人好的事情，用你的人生去開創美好，去破壞不好的事情的作家？如果你是前者，那你就是真是昏庸愚蠢，但是如果你是後者，你的成就就像讓飢餓的人吃飽，讓口渴的人解渴一樣了。我想說的是，你可以不認同我們這樣實際的破壞手段，但我認為你可以用你寫小說的方法去進行破壞，文學應該服務群眾。」

「文學不為任何人服務！也不為任何政治或信仰服務！」香綺憤怒地打斷小葵，她的身體在顫抖。

「文學脫離不了政治，」宗仁壓低音量說，「政治就是生活，也許你該找時間讀一些左派的文學作品像是……」

「又在左派和右派，我們的歷史上有了這麼多左右的戰爭，到底意義在哪裡？」香綺氣憤地說，「左右派的戰爭就像宗教戰爭一樣白癡，用你的行為去說服群眾吧，你別想用你那套左派理論說服我！」

「有時候你必須看清楚，人民被壓迫……」宗仁提高了些音量。

「我就是人民！」香綺的聲音蓋過他，「還有，張佑華，我要再告訴你一次，你根本不理解這個社會，這哪是左和右的問題？你告訴我台灣有多少勞工和多少農夫啊？我們是一個你們口中布爾喬亞的國家，你要怎樣說服我加入你們的左派運動？去街上走一遭啊！去看看大部分的大學生在做什麼呀！你自己看，有多少人還是活在安逸裡，他們在今天逛街買東西，在西門町、東區，你去看有多少人潮，他們去吃好吃的料理，去看電影，去酒吧，去咖啡廳，在捷運上寫寫臉書然後丟上美美的自拍照和美食照，他們才是你們的群眾，他們才是大多數的台灣人民，可是你們說服不了他們，他們永遠都會把你們當成社會的邊緣人！你們這群學生不是學生中的菁英，你們只是學生中的少數族群，無法代表大多數只想混口飯吃和享樂的大學生，更不能帶起群眾革命！你們最後都會失敗的！看過那些搞台獨的老人吧？」她指著那些舉著台灣獨立旗幟的老頭，「你們就像他們那樣子！」香綺說完，就轉身離去，穿過圍觀議論的學生，往徐州路的門口走出去。

「香綺，等等，等一下！」羅琳嘗試著要叫住她，想要拉住她的手。

「不要！」她們兩人走到徐州路上時，香綺回過頭來大叫，「你跟他們都是一樣的，莫名其妙的某種政治思想信徒，你對我那麼好根本就是為了想要組織我，要我認同你們的思想！可是你們從來不願意停下來去理解自己身旁的人，即便只是一個真誠的關心。」

羅琳沒有駁斥她，她慢慢往前走，溫柔地抱住香綺，像是慈母突然擁抱青春期暴躁而叛逆的少女。

香綺的臉蛋被汗水和淚水浸透，她發現自己渾身顫抖。「沒事了，沒事了。」羅琳輕撫著她的肩膀。

佑華跑了出來，他現在又是一臉無辜的樣子。

羅琳放開香綺，走向佑華，「先帶她回去休息，你不用回來這裡，放心吧。」她對他們兩人微笑，然後就又回去被占領的內政部，步伐優雅輕盈。

佑華牽著她的手，然後坐上機車，沒有說話。夜已深，他們騎過中山南路的圓環，景福門和總統府在夜裡如普通的石塊，毫無意義的巨石，它們不再具有帝國主義的意義，只是某種破壞之後的殘垣遺跡。然後又經過自由廣場，昔日野百合學運也早已被人民忘卻，如今那廣場的意義也將失去。機車在路上停停煞煞，夜裡的台北大街上的年輕人不只他們，大多數都是正要去夜店跳舞，或是去哪兒唱歌或開 party 的年輕人，有時候還會有數台炫麗的敞篷跑車呼嘯而過。暗夜的紅綠燈還是很多。佑華的背很寬闊，有一點汗水的氣味，香綺還是輕輕環抱他的腰際。很快地他們就騎回到深夜裡寂靜的牯嶺街上。

很有默契地，他們走入牯嶺街的紅色便利商店，又買了兩罐柳橙汁，這次還買了兩包洋芋片。他們買好後就走出去，想要趕快回到公寓裡休息。

「洪範書店原來在這裡。」香綺發現便利商店旁的公寓大門竟有洪範書店的門牌。

「喔，我自己也沒注意到。」佑華湊上前看。

「這麼重要的文學地標你居然沒發現。」香綺笑道。

「那男的又站在那裡了。」佑華示意她往牯嶺公園的方向看去。

「真的耶。」她也看到了，那男人還是同樣的打扮，同樣陰鬱的面龐。

他們這次不再用自己的語言去描述那陌生的男子，他們放棄複雜的敘事，他們的手裡抱著果汁和洋芋片，這時候，他們不再是激情的學運分子，也不是熱衷幻想的小說家，他們只是兩個肚子餓跑來買宵夜的大學生。

那奇怪的男人走動了，他走入便利商店，叮咚叮咚。香綺和佑華也就好奇地湊上前去看，像兩個好奇的小學生，想觀察那陌生人究竟想買什麼東西。他和那矮胖禿頭的店員打了聲招呼，就開門走進店裡後方的辦公室。禿頭的男人就又走出來，沒有多看他們一眼，開始清理外頭桌面的菸灰缸。然後那奇怪的男人就走出辦公室，這次穿著便利商店的制服，走到收銀檯去。

「你住在這裡這麼久，怎麼會不知道他是店員啦？」香綺噗哧一笑。

「啊，奇怪ㄟ你，我又不是小說家，觀察力哪有那麼好。」他用果汁瓶輕輕敲了她的額頭。

他們爬上牯嶺街公寓的樓梯，佑華走在前方，香綺可以聞得到他的氣味，感覺得到他的體溫。

那天夜裡她又盯著那空白的電腦畫面，不斷地去思考那夜她夢見的螢橋上的光海，男孩後來是不是真的掉頭就走，投入革命而拋下女孩？女孩又是否會因為愚昧的戀愛而追隨男孩，投入注定失敗的革命？

「你們真是笨得可以，笨到可以那麼輕易沉醉在自己所看見的世界，甚至投身其中，無法自拔！」

（二〇一三年初稿，二〇二〇年四月修改）

吉原店

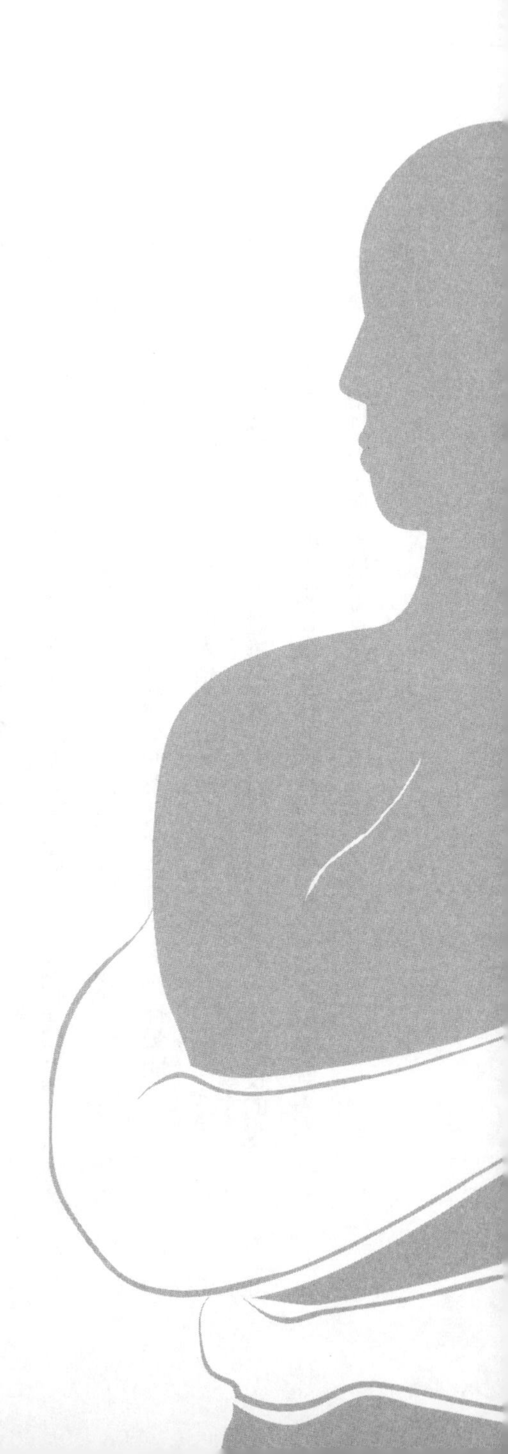

好多年前，那時我和小澤的父親溫禮維還只是大學生，小澤更只是他母親懷中白嫩無助的嬰兒。除夕夜我到溫禮維家裡吃團圓飯。禮維的母親異常地接受我的存在。

飯後，溫女士要我們都到樓頂去玩仙女棒。溫禮維的妻子小玉沒一起登樓頂，她必須洗碗盤、整理飯廳，還要在這種鞭炮聲隨時會嚇醒小澤的夜裡照顧他。這裡所有的家務事都是她負責，比較像是女傭。

溫禮維點了火，燃起一根一根仙女棒。溫女士很喜歡仙女棒，拿著一根就在黑暗裡塗鴉起來，她說自己用仙女棒寫「HAPPY NEW YEAR」。

「你會拼嗎？拜託！」溫禮維的棒子在空中胡亂揮呀揮。「你哈利波特嗎？當你是在做什麼，做法嗎？你要超渡我們哪？」溫女士自己開懷大笑。我也拿了一支仙女棒，卻像是抽菸一樣，擱在手邊，另一手幫他們倒熱水沖茶葉。茶香在火花裡暈開。

不久，光散去了，我們埋入漆暗，沒人想點燈。

「如果有酒喝，好像也不錯。」溫禮維摟著我的肩膀，雙眸發亮如這冬夜的星子。溫女士靠在躺椅，深深地嘆了口氣，她在最放鬆的時候都會這樣般地嘆足長氣。「以茶代酒，新年快樂。」她說話時像是被茶香飲醉。

「沒仙女棒了。」溫禮維說。

「這裡有仙女。」

「媽呀，你什麼仙女啊？」

「今天真的很開心，」溫女士的臉朝向我，她那兒暗得不得了，沒有表情，「多了個兒子感覺真好，維維最不會照顧人，有你啊，我下半輩子就幸福了。」她又唉了口氣，飲口茶，「但我不要你們照顧我啊，我寧願一個人中風跌倒餓死然後把鄰居臭醒。」

「媽，你千年老妖不會老，不要在過年亂講話。」

「我說我下半輩子幸福呢，是因為有人可以繼續寵我的兒子，那我也就夠了。」

「那是幸好爸已經先走了，不然哪能那麼好。」

「他是你爸，再怎樣狗怎樣豬也都是你爸。我愛過他呢。他年輕也英俊過呀。以前跳舞的時候，他還會抓我屁股。還是我抓他的？」溫女士遲疑著，溫禮維學她嘆了口長的氣。「但要我跟他走嘛，」她小聲說著，「門都沒有，下半輩子呢，我呢要享福，我的少女時代才正要開始呢。上半輩子我們母子真是被他折騰夠了。他硬是要住在吉原這種鳥地方，這些國宅都幾年了？一百年了嗎？改建這棟房子也是我勸了好久的事。

「以前也不聽我的話住去竹北或林口。他老子活著時都是我把屎把尿，還會打人咧，當我女傭！維維小時候就被他吊起來打過。」溫女士靜默一會，我也不太敢出聲，溫禮維似乎也嚴肅起來，頭靠在我肩邊，「幫仙女倒茶，好冷。今天到底幾度，不到十度嗎？」

「我來。」我從她手中接過本來要給溫禮維的杯子。我感覺得到溫女士露出類似滿足的笑容。倒完溫女士的茶，我提著保溫瓶下樓去裝熱水。

廚房裡燈是亮著，但沒有人。

這時有人拉開瑪利亞房的拉門，是小玉，溫禮維的妻子，臉色蒼白，並沒有因為過年而豐潤。她和溫禮維不同房，自己一人睡在這個靠廚房和洗衣間的傭人房間。她被我嚇到，她的房裡床上有一個攤開的大行李箱，正在收拾，亂成一團。

「回娘家嗎？」我和她打招呼，她的娘家在越南。

她向我點頭，便進廚房翻櫃子，掏出幾卷夾鏈袋。她擤著鼻涕，看起來像是要哭了，或是剛哭過一陣子。

「明天的飛機？」

「不是。」她側對我。「我要離開這裡。」

「為什麼？」

「不是因為你！」她斜著眼盯我，「你要跟他我沒問題。就不是因為你們。」

我心臟跳得好快，也許我應該阻止她逃走，心裡面卻出現小惡魔告訴我，我應該讓她走，這樣溫禮維就完全是我的。「小澤呢？」我想起了他們的兒子。

她又轉身背對我，很快就哭了起來，「小澤，小澤，」她喃喃念著小澤的名字，「我不能把他帶走。我不能。他姓溫，他是溫家的。我不能給他幸福！他跟著我會很難過很辛苦！」小玉蹲坐在廚房的地板。廚房的一切都被小玉整頓得乾乾淨淨，彷彿今夜這裡沒有過團圓飯。

小玉並不是什麼惡質的越南新娘。但即使她將地板弄得多乾淨，家裡也沒人會多加注意，甚至懷疑她並未努力清潔。不過小玉倒是有個奇怪的習慣，她會在吉原公園某片森林裡種菜，這是我聽溫禮維說的，他認為那是小玉在鄉下的習慣。

「你們沒有人可以阻止我離開。」她起身，轉開水龍頭的冷水，捧了一把往嘴裡喝。

我把保溫瓶送上頂樓後，說自己要上個廁所便又再下樓。小玉房間的燈還是亮著的，白色的竹紙拉門像是一盞燈籠，我聽到她在對小澤唱歌，那歌是我沒聽過的童謠。小澤在笑，小玉也跟著笑了起來，邊笑，邊唱，又笑又唱，直到小澤再次睡去。

一樓就是他們溫家開的便利商店，我陪著小玉在機器旁選叫計程車。本來擔心她不會讀漢字，但她根本沒什麼問題。店員沒有搭理我們，似乎跟小玉也不認識。

在這樣有點寒冷的除夕夜，小玉的運動外套明顯不夠，我要她至少穿上我的外套。

「不用。」

「你真的要回去越南？」

「我絕對，絕對，」小玉盯著吉原路空蕩的街頭，忽然又是一陣煙火，無聲，來自遠方，「不會回去越南。我出來就是要賺錢。」

「那你方便讓我知道你要去哪裡嗎？台北？」

「台中。」那兩個字在她嘴邊成為短暫的白霧。

「有工作了？是你第一份工作？」我看著小玉，她也不到二十歲的年紀，和我們一樣沒經驗。

她搖搖頭，有些不確定，「我在台中還有姊姊。」

「他們很喜歡你。」小玉說道，她口中的人指的當然是溫家母子。一張輕薄的塑膠袋飄在空中，往一邊的屋簷飛上去。

「對不起。」

「你不用對不起，」她語氣堅定，「你要對他們好。」計程車逐漸接近我們了，「小澤跟著你們會很好，對吧？」她望著車燈，比對車號，準備要上車。

「你會回來看他嗎？」

「不會。」她關上車門。

吉原路在計程車遠離後，也沒了燈火，沒了任何鞭炮聲響。幾個手裡抓著酒瓶的移工騎著腳踏車經過我，笑容燦爛對我說了什麼，我無法辨別他們的語言究竟是越南語還是泰語，我大聲回了一句新年快樂。

之後的吉原路，就真的是空蕩。頗像我和溫禮維開始交往的那深夜。

溫禮維是我大學同班同學。在社會系這種互動不怎麼活潑的環境裡，他顯得活潑話多。他帶著系籃贏得大社盃全國冠軍，創下系史首次。我跟他互動並不多，但很喜歡坐在他斜後面幾排偷看他，但距離總是那麼遙遠，止於欣賞，我也未曾想過要與他說話。

我們第一次說話，卻是在這裡，工業區的吉原社區，那是我們即將升上大學二年級的暑假。我真沒想過會在台北以外的地方遇到他，更不可能想到原來我們不但是吉原同鄉，還都在夜裡最深的時候來到吉原公園。

吉原公園的後方有條排水溝，排水溝的對岸就是工業區。童年時期，常覺得吉原公園是某種黑森林，裡頭充滿邪惡與恐怖。我每天從我居住的吉原社區走路到焚化爐對面的小學，都會經過這座公園。我曾在裡面的水溝看過被毒死的狗身上爬滿健康茁壯的蛆，也偶爾目睹排水溝裡有巨大豬身膨脹腐臭。那樣死亡的氣息讓我覺得這座公園趨顯陰森，尤其某段時期，越來越多人到這裡自殺，這裡樹林多，上吊的人也越來越多，記得我第一次看到吊死屍時，我雙腿癱軟，不曉得該怎麼辦，那年我才九歲。

但我真的沒想到會在吉原公園遇到溫禮維。我以為他是小康或是更富足的出身，後來當然也證明他確實家境不錯。我也以為他不可能跟我讀同一所小學或國中，後來我也證實，他從小就讀私立學校，雖然家住這裡，生活圈卻不與我重疊，直至我們進入大學，然後在這相逢。

到了十八歲這個年紀，我更清楚知道到訪吉原公園的人並不全然是來自殺的。實際來自殺的人數也沒小時候以為的那樣多。傍晚直至九點，公園裡會有親子聚集兒童嬉戲。再晚些，剩下的老人會在運動器材區遊蕩擺弄雙手運動。偶爾有習慣夜跑的人經過。更晚，約莫午夜之後，待親子和老人散去，吉原公園將有好多孤寂的男人，我也是他們其中一員，在幽暗的夜色，孤寂於身體，也寂寥於心。

夜色裡的吉原公園，體現自然的本質，有蟬，有蟲，有貓，也有鼠輩，當然人類的國界在這裡並不存在。林子裡和女廁裡都是男人交媾的場域。有越南人，也有菲律賓人、泰國人，也許還有穆斯林。但沒人在乎你的國籍，你的財富，你的政治或信仰，沒人在乎你操的語言，這裡大家只摸屌尋洞。這裡只少了女人，如果女人也出現了，這裡應將更完整。

深夜這裡也有不少螢火蟲。但不管是蟲還是人，在這的目的都是出自於身體本能。

我著迷被跟蹤的刺激感，喜歡穿著單薄汗衫半裸露身體來引人注目，在那樣夜裡微悶的濕氣裡，空氣中荷爾蒙充斥，在樟樹林間，在公共廁所。我在單槓那兒看見了一個線條明顯而健壯的年輕男性，月色中他的汗水在空氣中透亮。他的姿勢飽滿優雅，單槓拉完就去雙槓，雙槓結束又在地上做起伏地挺身。他的每一個力量的舉止都像求偶的舞姿，散發性的能量和氣味，周圍聚集了虎視眈眈的其他充滿性的男人。但他沒在乎過他們，細微眼神的接觸都避免，即便之中有些人想盡辦法和他搭話，想盡辦法用眼睛勾他。

我走近一瞧，反覆確認，我認出他就是系上的同學溫禮維。我感到格外驚喜，從他的樣貌來看，他未繫帶任何背包，在這公園裡這通常意味他是一號的角色。而我揹著後背包，則表示我是零號，等男人的屌進入我的穴。包裡裝的是保險套和潤滑液，在這圈子裡，零號角色就是必須嚴肅保護自己的健康安危，這是零號的隱性責任。

忽然，他走出雙槓區，朝我這裡看了片刻，這讓我嚇得立刻打算落跑，他卻對我揮手，「好巧啊！」他大叫。我也只好熱情地如同學那樣對他打招呼。這種時候，我們只需要打招呼就好，不需要多加解釋我們這時間在這裡出沒的目的。不都是來發情求偶的嗎？

「你散步嗎？」溫禮維問我。我點頭，又一再告訴他這實在是太巧了。「你沒有開交友軟體？」

「沒有呢。」

「我也沒有，我喜歡當面點餐。你是剛剛那邊最好的菜，你不覺得公園裡沒什麼好菜嗎？」他拍我的肩膀，我們汗水接觸的那一瞬間，我們好像觸電般短暫黏在一起。我說，溫禮維呀，我一直把你當天菜。他不認同，搖搖頭，他說從來沒有把自己當成天菜，他沒自信，他覺得自己很普通，顏值不高，身材也不夠好。「天啊，你已經可以當模特兒了！」我學他慣有的動作拍他肩膀。

「喔，有啊，我當過模特兒。」他說，「高中的時候，可是我想專心考大學，後來就推掉了。」

我們走過吉原路，從吉原一街開始走，然後二街，三街，經過五街的一家便利商店時，溫禮維說，那是他們家開的便利商店，夜裡白淨明亮，整棟建物在這座社區突兀發光，如降落於矮舊民房聚落的太空船。

不曉得原因，我到過的每一個藍領社區都有座大同小異的便利商店。而每一家這樣的便利商店裡，到了深夜必定要坐著一個，兩個，總之各自落單的飲酒男子，有時他們坐在店外，背對著光源吸菸。

「可是我沒有在這裡看過你啊！」我告訴他。吉原路非常安靜，我的聲音在這座社區水泥建築叢裡造成了奇異的回聲。

「我不會在家裡出現啊，我都在學校或是學校的球場，以前還是劍道社的晚上要練習，你不可能看到我在這裡出沒啦。可是你一定看過我媽，她是店長，我爸是高中退休老師，平常也不會出現。」

「那你們住哪裡？」

「樓上。」他說。這時我想起全家裡面確實有道鐵門，那道鐵門通往樓上的公寓，總共六層樓不曉得有幾戶人家。但整棟公寓都是溫禮維家的。

「四樓以上都租給別人了。」他指著全家所在的這座公寓。建築外觀是整個吉原街廓裡最新穎，或許也是最高的一棟。吉原社區的公寓多少都混住移工，很多台灣人在好久以前就搬走，只剩下必須依靠工業區維生的作業員家庭。但溫禮維家的公寓沒住移工，住戶的生活似乎比較好。

我們繼續散步，走到吉原九街時，我告訴他我住在這裡。這條小街即使換上LED路燈，把整條路探照得像是賣場走道，依然晦暗憂傷。大概是我爸的緣故，我和他相處極差，升上中學時我意識到自己潛在的強壯，我們幾乎常要殺掉對方，我已經決定不再回來，常常想著有天他會一個人孤獨死在公寓裡，直至臭味被鄰居聞到才會有人知道他的死亡。而我，不可避免，一定是個不孝子。

我們離開了吉原社區，繼續順著更加寬闊的吉原路走著，進入綿延不見盡頭的工業區道路。這裡的人行道和自行車道都非常寬大，圍牆和廠房建物偌大而色系單調統一，夜裡的風不絕地吹送，我們身上的汗水都已經被風吹乾。在工廠一旁陰暗的樹林地裡，我們躺在半新鮮半乾燥的草葉中探索彼此，不管身旁的小蟲子和刺人的樹枝，也不在乎我們身上的汗水氣味，它們都成為助興劑，刺激來自體內深沉醞釀而發的強烈肌膚慾望。他在高潮後，我以為他會發出嘶吼，他卻只是以手抓著我的後頸，喘氣，那喘氣像無聲的哭泣，我忍不住回頭看他，動作吃力，卻只看到他在暗影處黑色而無五官的臉面。

「其實今天是我第一次到公園。」溫禮維說。

「可是你沒帶包包，感覺就是有經驗。」

「包包？為什麼要帶包包？」

「沒帶包包是一號，有帶包包是零號。」我告訴他。我們走出了那片林地，走在無車無人的大馬路上。那座我們打滾過的樹林地發出貓嚎，樹木的低沉鳴音和夜蟬。這是個連雲都可以有聲音的時刻。

溫禮維忽然躺在地上，就在吉原路正中央的雙黃線上，呈人字形。「我好想直接睡在這裡啊！」

我只是蹲坐在他身旁，我擔心如果我們兩個人都躺平在這裡，待會怎麼被工業區的雙節大貨車輾斃都不曉得。從他的角度看上去，夏夜雲朵泛紅，紅的後方是液態的葡萄色。

「要不要跟我交往看看？」溫禮維說。這時遠方傳來汽車聲，我們趕緊離開雙黃線到對岸的自行車道去。「不喜歡以後再分手啊。」他補充，「或是當固炮好嗎？」

我說好。方才那輛汽車經過，往旁邊的小路右轉。風又一陣一陣地吹著。「你公開的程度多高？」我問他。我告訴他，我對身旁的人，除了我爸，都是完全公開的。

「我媽很支持我，我很早就公開了，系上的話，我們可以等等就在臉書上公開。」他牽起我的手，我感覺到自己的不自在，在工業區這樣子確實滿奇怪的，這裡可不是西門町或是東區。

「我不會再回來吉原，其實我明天就要回去學校。」我說。反正我是學貸來讀大學，平常接家教維生，根本不需要靠我爸。

「離開學校宿舍，搬來我家樓上。」他說，他表露出一些盼望，「我們剛好少一個房客。」

「這樣我每天都要搭電車耶。」我想到了來回桃園和台北那擁擠的台鐵電車，上面經常擠滿上班族和學生，假日更擠上更多人還有移工，尤其遇到伊斯蘭節慶，滿滿的穆斯林。

「我載你啊，我都開車來回。」

「不要，我不想麻煩你。我晚上在台北還有家教。」我拍他的肩膀表示感謝，再次接觸到他的肌膚。

「那你明天來全家，我載你回台北。」

那天，我大夜班的父親還沒回來之前，我便把行李打包好。我已經洗過澡，看著自己住了很久的小房間，我看著房內的細節，牆壁上殘留兒時的塗鴉，舊式的大木櫃上的傑尼龜貼紙，牆上的獎狀，還有發育時的每一個身高刻劃的鉛筆痕，窗簾上的霉斑，褐色瓷磚地面上爬過的一隻小螞蟻，看著看著我竟然有了睏意，闔上眼，我知道自己還眷戀著這個空間。直到外頭傳來鐵門轉開的聲音，是父親回來了。

我拖著行李箱在客廳和他對望。我想著他每個月只有三萬塊的月薪，他接下來要怎麼養老？我該擔心嗎？

「開學了嗎？」他問。他身上有騎過機車之後的街頭氣味，即便半夜路上無車，人還是難免沾染那樣的氣味。他工廠的藍色 POLO 衫沾染汙漬，領口處突出的喉結在說話時上下滑動，而且因著汗水發亮。

我告訴他當然還沒開學，才七月，但是我要提早回學校去。他沒回應我。當我離開時，要把鐵門闔上時，和我道別的是他的沖澡聲。

後來，去了溫禮維的家，吉原店，我才知道溫禮維是個年輕的爸爸。必須承認，當下的震驚與憤怒令我立刻就跟他提分手了。但他頻頻道歉、解釋，我還是原諒了他，不是因為心軟，而是這麼好的男人我可能遇不到了，我因為我的私心而原諒。

溫禮維十八歲那年就被父親逼著結婚，這事他瞞著所有的同學，肯定比同性戀還要更難以啟齒。他和父親出櫃並上談判桌，根據父親的說詞，他說自己不歧視同性戀，但畢竟男女結合的目的是為了傳宗接代，所以他反對他的兒子是gay。

父子的談判後來有了驚人的結論，他們要買一個新娘，可以買中國、越南或是印尼的，「便宜好用」，也就是後來的小玉。小玉可是溫先生親自挑選的，年紀和自己的兒子同歲，還可以當傭人使喚。並且只要這對新人給他抱孫子，他就接受兒子日後的同性感情。

新娘子是買回來了，生了小澤，只是小澤無緣見到自己爺爺的最後一面。小澤讀小學時，溫女士有次就說：「小澤笑起來真的很像我老公，我就說，他是我老公投胎來的。」但當下就被溫禮維否定：「投胎也是要排隊的好嗎？不要汙辱小澤！」

「什麼便宜好用？」溫女士跟我抱怨，我們正在吉原公園散步，「她娘家那裡，三不五時就打電話來要錢啦。」

「可能家裡真的貧窮吧？」我說。

「什麼窮？一點也不窮！那些錢都給她爸給她幾個哥哥拿去嫖妓賭博用了啦。就說不要娶什麼越南新娘，自找麻煩。」她的話還真是引人側目。正當我想趕緊換話題時，她又繼續：「她爸她哥有一段時間天天打電話來，一下說有小孩要買車上班，一下說家裡冰箱壞掉，有一次還說有家族長輩過世沒錢辦後事！這個小玉，也不能責怪她，她真的很可憐。」

「需要我去台中找她？」

溫女士伸了個懶腰，「不給錢就逃跑，唉，叫她趕快處理離婚手續。」

就在那天，我和溫女士一回到吉原店，就出事了。

溫禮維滿身是汗，一看到我們就問：「為什麼你們手機都沒接？有沒有看到小澤？」

「啊？」溫女士拉住我的手，「小澤不是跟保母在樓上嗎？」

「沒有啊！」溫禮維表情激動。

「保母呢？」

「我剛剛才打電話呀，她也不在啊！」

「再打一次她手機！」

「你真的什麼都沒有看到嗎？」溫禮維責問櫃檯的工讀生，但她也只是害怕地搖搖頭。

「監視器呀！」溫女士怒瞪那無辜的工讀生。

當下我立刻衝上樓找任何小澤的蹤跡。我天真認為他只是跟貓咪一樣躲了起來。小玉房間的拉門微開。裡頭並沒有任何人，乾淨得一塵不染，彷彿小玉才剛仔細清潔過。

我立刻感覺到小玉不久前真的回來過。

我下樓後，溫女士挺著胸坐在用餐區的座位上，一臉難看。

「小孩子，乾脆給她帶去越南算了啦。什麼傳宗接代的屁話，小孩子還不是被拿走。」她盛怒著，溫禮維在店外來回踱步講手機，「保母說是媽媽來接走的，真不知道這個女人在想什麼，自己逃跑，還要把小孩子牽拖。吃什麼？撿破爛嗎？」

隔日，我和溫禮維便立刻動身前往小玉在台中的地址。

對於這座中部的城市，我的印象就是台中車站出去後的一堆老破大廈，狹小的街道擁擠的人群，整體而言舊城區仍維持九零年代的氛圍。溫禮維開車經過自由路便遇到塞車，我們已經來回尋找停車格一段時間。

「啊，你看。」溫禮維指著一旁合作金庫的紅色建築。他說那是以前的台中圖書館，以前曾經有個朝鮮獨立分子在這裡刺殺久邇宮邦彥王。

「你怎麼知道？」

「吼，」他拍著方向盤，「維基百科。」

「北七喔。」

「那個朝鮮人很有種，偽裝成仙台鄉下來台灣工作的年輕人，還找了一家茶屋打工。老師怎麼講的呢，說他死意堅決啊。」

不知道為什麼，我心裡冒出一個念頭，我認為小玉也是抱著死意堅決的心態來台灣的。

清明假期，中區的街上顯得十分擁擠，尤其滿滿移工，和吉原的冷清完全是對比。而且這裡豔陽高照，中午時我和溫禮維都忍不住想脫下外套。吉原路除了前陣子有過一兩天的短暫陽光，至今都還是陰冷的氣候。

小玉工作的越南餐館在繼光街裡頭。她變得和以往完全不同。染了金髮，即使氣候還未炎熱，她已經穿上小熱褲和涼鞋，露出白皙的腿部。臉卻更瘦小了些，不曉得是不是因為金髮的緣故。

我們坐在餐館的外邊，我刻意坐在小玉身旁，讓她和溫禮維能面對面交談。溫禮維一見面就問了小澤的事情。

「他只是過來一下下，在睡覺，」小玉低著頭，這時有個婦人走過來，為我們遞上三碗牛肉河粉，還有三顆鴨仔蛋，婦人輕拍小玉的肩膀，對她說了什麼才離去，「我以後不會再這樣了。」

「真的不可以再這樣。」溫禮維冷漠地點頭，鴨仔蛋有些燙手，他必須吹氣幾次才拿得起來。小玉倒是不擔心燙手，敲開蛋殼，小口啜飲裡邊的湯汁。

「我媽說你在酒店上班。」溫禮維說。

「我做什麼，你們不要管。」

「以後不要見小澤。」

「溫禮維！」我低聲斥責他。

「我不會再見他。」

「我要你不要見他，不是因為你的工作，我很尊重你的工作，但是你如果一直見小澤，只會更思念他。」

「我可以常帶小澤來台中走走。」我提議。

「不用。」這是他們唯一，唯一一次的共識。

「你對小澤很好。」小玉吃了口麵，對著湯麵說。我知道她在說我。「小澤說很想叔叔，看，都已經會說話了。」

「他還不會說話。」溫禮維提醒她。

「我聽得懂。」她微笑，「他會跟我說話，我都知道他的小腦袋瓜在想什麼，我知道他很喜歡你。」她盯著我，然後把椒鹽遞給我，要我沾混配蛋食用。「可是我不會再見他。」這句應該是很殘忍的話，卻被她說得很溫柔。

「小澤也會想媽媽。」我忍不住說。

「我哥哥已經找到台灣來了。」她忽然說。

「怎麼有錢？」溫禮維問。

「借錢來工作。」

「他會工作？」

「不會。」小玉搖頭。然後又優雅地啜了口蛋汁，她始終還沒開始吃那顆蛋。「他是來抓我回去的，他說我一定有錢給他，他說家裡很需要錢。」

「嫖妓嗎？」溫禮維的語氣有些憤慨。

「輸錢了，」小玉的語氣平淡，「二哥被人丟進海裡，要錢埋葬。大哥來台灣，反正要錢，要死，都要找我。」她剝開蛋殼，倒出裡面的蛋肉，「你們不要讓小澤再來台中。」

「你不換地方住嗎？不怕？」

「這裡是台灣，他能怎麼樣？」小玉笑了起來，「砸店嗎？」她忍不住一直笑。溫禮維嘆口氣，拿起桌旁的菜單閱讀。

「你不是說我做酒店嗎？」小玉瞪著溫禮維，「嗯？怎麼忽然不說話？」

「我沒說那不好。」

「有錢拿有什麼不好，你忘記你爸為什麼來越南找我？我需要錢啊。你們就覺得我只是需要錢啊。人需要什麼？不過是錢嘛，我能多要什麼？我要什麼？」

那位婦人這時放下手邊的工作，站在門口，又對小玉喊了什麼。小玉這時才又壓抑情緒。

「她是你姊姊嗎？」我低聲問她。

「你們不用管。」她對我露出微笑，「現在我已經是我自己，不管是我哥哥還是我爸爸，還是我兒子，你們通通都不要管我！」她用力拍了桌子，「不要管我！」

我和溫禮維都被嚇著了。小玉用越南話咒罵了好多話，那位婦人奔過來企圖安撫，只見小玉用力捶打她，哭鬧了一陣子，情緒才逐漸由憤怒轉為悲痛的哭泣。小澤的聲音傳來，他被突來的噪音嚇醒，開始哭鬧，他睡覺的地方原來就在隔壁的小隔間。

「把他帶走！」小玉吼道，「帶走！把他帶走！帶走啊！」

「你話冷靜點說。」溫禮維試圖要吼過小玉。

小玉深吸幾口氣，本來已經站了起來，又坐了下來。小澤哭得很大聲，哇哇地哭著，沒有人去看他。小玉倒了把椒鹽，拿起她的鴨仔蛋，輕輕咬著邊緣，眼淚落著，把桌上小碟子裡的椒鹽染濕。深灰的淚水在淺灰的鹽裡擴散，像斑點那樣侵蝕。她又用濕潤的蛋再抹了過去。小澤不哭了，不曉得在喃喃些什麼，然後又是一陣哭聲。

「我很好。」她輕聲說道。然後繼續小口吃著蛋。「反正我也不是自己一個人。我很好。把他帶走，我不要了。」

我們把她的兒子帶走，引來繼光街上越南人的目光聚集。不少人後來都進了店裡去探望她。「真是個狠女人。」溫禮維後來也常常這樣說，但都會再追補一句話：她是被逼迫的，好可憐。「連地板都掃不好，不要亂娶女人。」溫女士如果在的話，也都是這樣回應。

「最可憐的是小澤。」我有次忍不住告訴溫女士。她搖了頭，她說，小澤因為我過得更好，這才是她所樂見的。

從台中接回來後，小澤三不五時就會噩夢。年紀稍長了，他說夢裡的人是女鬼，而且是古裝女鬼，要把他溺死在像奶一樣的水裡。

小澤要入大學前的某個夏夜，我到廚房找水喝時，那扇拉門的光又亮了起來。我拉開門，發現是小澤坐在床邊，他在翻閱相簿。

「其實以前我不敢說，可是我覺得夢裡的女鬼是我媽。」

我在他身邊坐下，陪他看著照片裡穿著白色越式旗袍的小玉。

「她真的是車禍過世嗎？」小澤問我。車禍是溫女士隨便說的理由。我還是沒告訴他答案：小玉當然還活著，可是生活太複雜，世界太複雜，單純的理由因此無法單純。

曾經我以為，那天畢業典禮時，小玉會如很多被迫隱形的母親一樣，會偷偷在遠方觀望自己的兒子。也許她真的有，只是我沒看到她而已，或是她真的沒有再出現。也許她真正自由了，脫離父親和哥哥，自由地工作，自由地生活著了。正如她所說，她已經是她自己。也許，希望一切如此。

我向小澤提議，去吉原公園散步。

那天是鬼門開，接近午夜，吉原公園理當是陰森得不得了，氣氛卻一點也不可怕。

我和小澤並肩走著，後來卻發現公園有些擁擠，到處都是亮晃晃的光芒。不過不是發情的螢火蟲，是剛在台灣開通的寶可夢。到處都是抓寶的人，即便已經深夜。鬼門開了，跑出來的卻都是虛擬生物。

「他們看到的我什麼也沒看到，好詭異。」小澤說著，也低著頭想要下載遊戲。

「裝陰陽眼嗎？」

「不然咧，我也想看看啊。」

「你會想看媽媽嗎？」我突然問他。但他顧著下載遊戲，沒聽見似的。

我們走著走著，前面聚集人潮，本來以為又是什麼好抓的寶，卻是拉了封鎖線，還停了一台救護車和警方的機車。我好像還看見樹上遺留的繩索。那片樹林並不隱密，有人說上吊的屍體被發現得太晚，公園那麼多人卻沒人注意到。

在我們折返的路上，小澤忽然就說，「其實我不會想再看到她。」

「為什麼？」

他只聳聳肩膀。忽然他激動地指著吉原店大叫：「喔！我們家變成補給站了！喔！喔！」

戴著眼鏡的溫禮維站在店裡面的用餐區，嘴巴張著說了什麼：「寶可夢嗎？」我點點頭。他那邊的桌子都被拜拜用的供品塞得滿滿，他笑看自己的兒子，然後繼續拿抹布擦拭桌子。

「你看得到嗎？」我小聲地問禮維。

他還是一如往常地微笑著：「看不到，你呢？」

我聳聳肩。

（二〇一六）

飛碟離開了這座城市

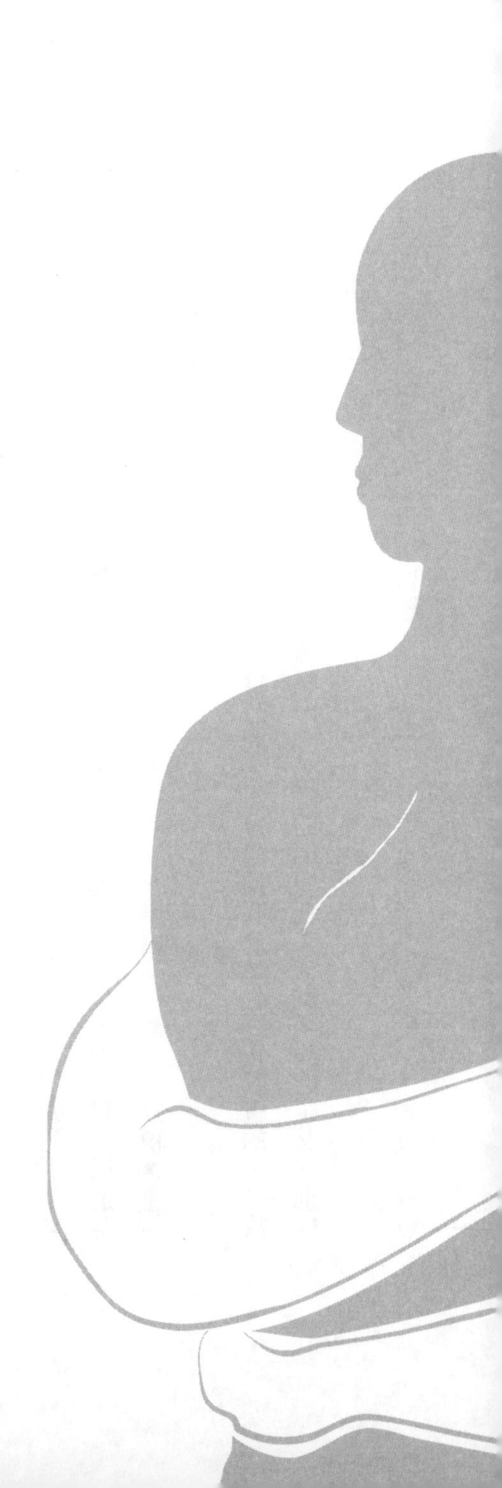

讀大學前我出了一場車禍。開車的人是和我一樣沒有駕照的同班同學，車上加我總共四個男生，四個人浩浩蕩蕩一車啤酒一人一支香菸從台北市出發去新竹。駕駛的表哥在金山開了一間民宿，我們要去那過暑假。

車禍不怎麼嚴重，沒有人受傷，而且車禍地點根本就還在台北市區。駕駛的同學把車子開進單行道，撞到宅急便的車，然後我們就通通被送往警局。

阿嬤要我跪在祖先牌位前一個晚上不能睡覺。沒有冷氣也沒有蚊香。天剛亮我就被阿嬤用掃把從沙發上打醒。

陽台的鳥籠裡剛好死了一隻我不記得什麼名字的鳥。阿嬤也覺得是我弄死那隻鳥的，氣到拿掃把的力氣也沒有，躺在沙發上指著我破口大罵好久好久，說要我自己選擇現在搬出去還是她去燒炭自殺好。她穿一身黑，黑色的短衫黑色的棉褲，頭髮和臉在陽光下蒼白得發出神祕的光芒，像尊神像。

她念我念到早餐都還沒吃就已經要午餐時間，然後開始叨念起我媽和我爸的不孝故事。所有的人都跟著阿嬤把我媽叫做「美妮」。美妮的第一任丈夫就是我的生父。他因為眼睛很大所以綽號「眼鏡猴」。

美妮和眼鏡猴把阿公過世後留給他們在台中的房子賣掉跑去度第二次蜜月。我也是因為那次蜜月才出生的。蜜月有一半的時間是在郵輪上度過的。從高雄出發，經過琉球、鹿兒島然後抵達橫濱。應該也是奢華的行程吧。郵輪上面不都有各種遊樂甚至玩水設施，還有各種佳餚酒吧咖啡廳嗎？美妮和眼鏡猴的旅行很奢華，也很時髦。美妮燙一頭大捲髮遮住半邊臉。美妮的臉本來就比較長，又因為眼睛細又長，她喜歡戴金屬大鏡框墨鏡。眼鏡猴眼睛大，米白 POLO 衣領立起，淡藍色近白牛仔褲搭皮靴。大家說他們看起來像姊弟。他們身高差不多，眼鏡猴僅略高些，只要美妮穿上高跟鞋就能輕易高過他。眼鏡猴雖然瘦小，寬大的肩膀還是讓他看起來不至於太小隻。

蜜月的另一半時間都在西日本。眼鏡猴是攝影師，自然花了很多時間在古道老房。美妮也偏愛京都，大家都愛京都，整個城市就是全日本最大的博物館，展示日本，為世界各地的觀光客而生。美妮穿上和服，比起旗袍她更愛和服，回台灣之後，她在房間掛了好幾幅等身大的和服沙龍照。她一間專屬的更衣室，中間擺隻木質白模特兒終年穿著印有家紋的黑色留袖。小時候我就怕這隻穿黑色和服的模特兒。她一人站在陰暗的房間裡，永遠不動，沒有臉孔，可怕的是她好像有時會動，有時面向美妮的浴室，有時背朝更衣室的拉門。而且深夜裡更貌似美妮，可能會冒出細長的雙眼，可能會自己洗浴更衣。

阿嬤把陽台的鳥屍包進垃圾袋裡，她說美妮是個壞女兒，第二次蜜月撒太多錢，還生下孽種。她雖然這樣說，但所有的親戚都知道她最疼最寵的就是美妮，而且我也是她最寵的孫子了。美妮可是繼承了她在台中綠川的布莊，五層樓整棟都歸她呢，小時候我們住四樓和五樓，美妮的更衣室就是整個五樓。

怕模特兒的人還有我妹。

我是男孩子我必須學習克服我的恐懼。有次捉迷藏遊戲，我故意闖入我們都不敢上去的五樓，妹妹當鬼，我知道她比我更怕那穿著黑色和服的女人。我將自己藏在和服裙襬之下，不知怎地我真的不害怕。布料和木頭的氣味讓我彷彿置身在另外一個空間，另一個世界。模特兒真的不是鬼也不是人，只是塊木頭，一大塊披著人衣仿人形的木料。那天我克服了我的恐懼。

有人快步跑上五樓。那明顯是大人走路的聲響。皮鞋叩擊和室地板的聲響。我知道是美妮。我憋住呼吸，像殭屍片裡面的人那樣，只要憋住呼吸我就可以隱形起來。她拉開更衣室的門，點開美術燈，又拉開浴室的門。

透過和服的裙襬我偷偷觀察，沒有我和妹妹在身旁的美妮，我們的母親，好像不太一樣了，變成別的女人。我真的很少看到這樣倉皇的美妮。沒有大墨鏡，孤身站在連身鏡前，背對門外的美術燈她的表情混濁，現在她才是面無表情的人形模特兒。我感覺得出來她很悲傷，她讓我想起以前我欺負過的女生。忽然她解開她的白色襯衫，胸罩往下撥。她捧著乳房，走到洗手台前轉開水，用力地潑水，洗臉那般潑洗乳房。

「美妮？」樓梯的方向傳來眼鏡猴的聲音。美妮把水關掉，衣服來不及穿上只用浴巾覆蓋身體。室內充滿美妮的氣味，她的汗氣，乳房的氣味，她的香水，樓下布店各種女客身上的氣味。她也突然安靜下來，我覺得她和我一樣都停止了呼吸，樓下好像真的有殭屍要上來了。「美妮？」聲音更接近了，卻也更小了。

美妮走到樓梯玄關的門，門應該是栓上的，因為我聽見轉門把的聲音，門卻始終打不開，然後是一陣急促的敲門聲。「美妮？開門好嗎？」

「媽媽開門。」然後是妹妹的聲音。

爸爸和妹妹的聲音後來都消失了。我聽見母親啜泣的聲音，擤鼻涕，又進來洗臉，又一人坐在外面的地板好久好久，盯著她自己穿著和服的沙龍照。然後門開了，她走下樓去。

那天我覺得是眼鏡猴吸吮了美妮的乳，玷汙了她的乳讓她感到噁心。我也隱約覺得妹妹是共謀，這些想法不時在我腦海中浮現，揮之不去。

孩童時期懼怕的東西很多，懼怕應當是人類的本能，沒有了懼怕的本能，勇者無懼，人類就不會因為探險和冒險帶來的刺激而興奮。電影是眾多恐懼的來源吧。我怕哥吉拉，也怕外星人。

有次飛碟大量入侵地球，大面積覆蓋地球的天空，飛碟巨大到像星球，天真要塌下來了那樣，世界各地沒有人知道他們來訪的目的。但有人堅信他們是來幫助地球人的，這批人攀爬到高樓大廈的最頂端，揮舞各式各樣的歡迎標語，然後飛碟的門開了，神祕的螢光，然後轟一下把這棟高樓大廈粉碎。空前絕後的大爆炸從大樓出發，蔓延整座城市，像核彈那樣摧毀都市。這樣的電影畫面讓我驚嚇了好多年。

我感覺飛碟以一種邪惡的姿態進入了綠川一帶，成為詛咒，詛咒綠川畔的所有高樓大廈。詛咒的陰影在我童年徘徊，各種高樓災難相繼發生，死了真多人，濃煙揮散不去，變成一朵朵烏雲在每個人的心中。眼鏡猴和美妮當時也認真考慮要賣掉綠川的布莊，搬去台北跟阿嬤當鄰居。

美妮以為我喜歡飛碟。因為我不說我怕飛碟，她便認為我只是在學眼鏡猴裝酷，還要我少學他的行為。

她說要帶我去飛碟餐廳。飛碟餐廳在金沙百貨的上面，旋轉餐廳，二十幾層樓已經是車站附近最高的建築。真的是一架在發光的飛碟，在城市之頂，遠眺綠川和車站之外的風景，它的光芒在台中市的任一處都能看到。每次搭車回台中，無論是乘坐汽車、台鐵還是客運，都會特別留意這座永恆般存在的飛碟。

妹妹那天晚上沒跟去，爸爸帶她去參加佛光山的女童軍營隊。和我們在飛碟餐廳用餐的人叫做米多麗阿姨。美妮說米多麗阿姨是日本九州人，跟她的關係比姊妹還深厚。

我把九州誤認成「酒」州，因為在我那天的記憶裡，她們都在喝酒。連甜點都有酒精，服務生還特別叮嚀她們有些蛋糕和布丁小孩不能吃。

米多麗阿姨身上的配飾和美妮同樣多，銀耳墜、銀項鍊，她們還有相同的玉手鐲。她們聊天的內容我大多不在意，我只顧著自己的食物。偶爾聽她們聊到眼鏡猴還有妹妹，然後聽美妮抱怨我玩玩具的壞習慣，怎麼跟妹妹吵架。她們交換口紅，互相撫摸彼此的手和指甲，她們指甲的顏色好像都是暗紅色的。有些話題不曉得她們是不是故意的，都只用日語。

美妮去洗手間時，米多麗阿姨叫我吃她的巧克力蛋糕。我婉拒她，但她不斷微笑把蛋糕送到我前面。「吃一點看看吧，很好吃喔。」

「裡面有酒。」

「試試看嘛。」

我吃一口，難忘的酸味，雖然有巧克力的甜蜜感覺，卻有一股強烈的酸澀。我沒有表示我的感覺，只跟她說謝謝。

美妮回來看到我在吃含酒精的蛋糕，沒有生氣，她和米多麗阿姨兩人笑成一片，我像做了什麼好笑的事情覺得好糗，她們笑得好大聲，大家都在看我們，看我，「談戀愛就是這種味道吧。」她們對我說。她們繼續笑著，我臉越來越燙，我真心覺得她們很討厭。

旋轉餐廳在我的印象裡並沒有真的旋轉的感覺。燈光漸漸暗了下來，沒有全暗，餐廳也安靜了些，沒有完全安靜。幾個人捧著蠟燭列隊出來，把蠟燭一個個放在客人的面前。美妮和米多麗阿姨透過燭光看著彼此，露出淡淡的微笑，她們臉上有淚珠，好像在哭，也可能是剛剛笑出來的眼淚。

美妮把手放在我的背上，「如果我們跟阿姨一起住，你覺得怎麼樣？」

「不要。」我果斷回答，覺得聲音已經不是我的聲音，我覺得自己好像是眼鏡猴。

即使那時還沒進入變聲期，但我已經在模仿他的語調。

「不要啊？」美妮疑惑地看著我，「怎麼，你不喜歡米多麗阿姨嗎？」

我搖頭表示不喜歡。我以為米多麗阿姨會生氣，或是難過，結果她居然笑了起來，「這孩子跟你一樣耶，好可愛啊。」她說。

「真是沒禮貌，在女生面前不可以這樣子沒禮貌。」美妮對我叨念。

吃完飯了，金沙百貨前面還有人在發氣球。米多麗阿姨很開心地去拿了一朵粉紅色的氣球，她說那是最後一朵粉紅色了。

「你怎麼給男孩子粉紅色？」美妮看著氣球，她們相愣幾秒，接著又笑成一片，「原來是你要的呀！你都幾歲了！」

「你會不會生米多麗阿姨的氣？」米多麗阿姨低著頭對我笑著。我搖搖頭說自己其實不喜歡氣球。

「所以你喜歡米多麗阿姨嗎？」美妮又再問我，同樣把手放在我的肩膀上。這次我說，我很喜歡，美妮露出滿意的笑容，拍拍我的肩膀。米多麗阿姨笑得很開心，感覺她非常快樂，抓著粉紅色氣球，甚至露出有些害臊的少女笑容。

「快看，」米多麗阿姨指著天空的方向，「我們剛剛真的在飛碟裡面呀。」

飛碟餐廳發出金色燦爛的光芒，「看不出來有在旋轉呢。」

「可是，真的好像隨時會起飛的樣子呢。」

米多麗阿姨越來越常出現在布莊裡了。她甚至自己就在二樓工作，學美妮戴起大鏡框的金屬眼鏡，幫客人揀選製作窗簾的布料。眼鏡猴的脾氣也越來越惡劣，我從他們三人身上嗅到醋意，那是一種愛恨交織的情感，妹妹無感，只覺得不喜歡米多麗阿姨的出現。

我們也都知道美妮和米多麗在熱戀。

有天晚上，我被妹妹喚醒。她說五樓的模特兒突然活了過來，一直尖叫，讓她覺得好害怕，而且找不到爸爸媽媽。我也聽到女人的尖叫聲。聲音真的從五樓傳來。妹妹下意識開始哭了起來，我也全身發顫，現在才凌晨一點。

那個夜晚真的像是夢境。彈簧床發出的彈簧聲像有人的手刻意在敲彈。時鐘的短針和長針指向曖昧古怪的時間，凌晨一點，我們不應該清醒的時間，夢的時間。走廊和樓梯在黑暗中長得沒有盡頭，燈一亮，盡頭深處的門像是樹洞的入口陰森冰涼，牆壁掛畫和掛布的影子處長出一雙雙發亮的狼眼，我們像被丟棄在森林的兄妹，森林的路上卻沒有月光，沒有麵包屑可以作為指引座標。

尖叫聲再次傳了過來，在房子的樓梯間造成回音。

那尖叫聲既陌生又熟悉，我自告奮勇奔向五樓，因為太害怕了所以是用衝用跑的方式，打算一頭撞向女鬼，門一開，我卻撞到了眼鏡猴。他用手抓起我的頭髮，把我甩到一旁，並從我屁股補上一腳。

美妮跪在衣櫃旁邊，低著頭連我也不看一眼。滿屋子的酒氣。我滿臉發燙，坐在地上，眼鏡猴冷靜得像要殺人，偌大的雙眸滿是血絲。妹妹蹲在樓梯口哭了起來好大聲，但沒有人要去理她。這場景像夢，但卻真的不是夢境，我的腳和屁股都痛得要命，人都醒了過來。

「起來。」眼鏡猴對我命令。

「動作快點！」

我立刻站直。雙手貼直我的大腿側。

「爸爸跟媽媽，選一個。」他命令。

「快點！」

我小聲地說了自己也不能確定的答案，我自己也認不清楚的聲音，我希望我的嘴巴這時候發出來的聲音聽起來會像是爸爸也像是媽媽。

「嘴巴含滷蛋嗎？大聲！」眼鏡猴的手臂都爆出青筋。

「爸爸！」我幾乎是吼的，美妮的肩膀抽動了一下。妹妹不哭了，她瞪大眼睛看著我，好像被我的聲音嚇到。

「米多麗阿姨跟爸爸，選一個。」

「爸爸。」這次我毫不猶豫說出了我的答案。我並不恨米多麗阿姨，她很美，美妮很愛她，她人也很好，她們的情愛比姊妹還深。我可以這麼愛妹妹，為什麼美妮不能也有個妹妹能愛呢？

眼鏡猴沒有點頭，沒有表示對我的肯定，他要我走到美妮面前。

他要美妮繼續跪著，他要美妮抬起頭。美妮在哭，她低著頭不願意抬起來，她沒有要擦眼淚的樣子，她任由眼淚流滿她的眼睛，一路往脖子，往她的乳房流去。美妮盯著我的膝蓋，那張臉不像是我的母親，距離我好遙遠。

「好好看你兒子的眼睛。」眼鏡猴命令美妮。

美妮聽從命令，她的眼睛離開我的膝蓋，看著我的眼睛，眼淚越流越多，她的眼睛變得好腫好小，裡面彷彿什麼也不存在了。我忍著自己的淚水，不允許自己在這樣的情況下哭泣。

「打她。」眼鏡猴這次的命令幾乎讓我心臟停止。我覺得心跳困難，發出難以言喻的疼痛。我盯著不敢說話的妹妹，還有眼鏡猴長滿血絲的雙眼，然後是媽媽的臉，她還在哭，她不敢看我，不敢看妹妹，更不敢看眼鏡猴，她是羞恥的女人。

「聽不懂是不是？」

「是男人，就打下去。」

我搖搖頭。眼鏡猴冷笑幾聲，「他娘的，你這婊子還真的給我生了一個畜生。」

「不打她，就是我拿刀子把你剁成兩半。」眼鏡猴威脅。

於是我輕輕拍了美妮的臉。她閉上眼睛，她的臉摸起來好油膩，好濕黏。

「沒吃飯喔？」眼鏡猴吼道。

我用力打了下去。美妮臥倒在地上，很快又爬起來跪好，這次跪得離我們更遠。一樣低著頭誰也不敢看，什麼話也不敢說。

越來越遠。

我離自己越來越遠。

美妮帶著我和妹妹一家人到了台北阿嬤家。她對待我們的方式改變了，我們在自強號上吃麥當勞，喝珍珠奶茶，手上提著乖乖桶，看著妹妹很滿足，我也就很滿足。

剛到阿嬤家，傍晚。阿嬤沒有什麼笑容，她用一種很嚴肅的口吻說我和妹妹好乖，要我們去客廳看卡通。然後她拿起掃把，要美妮跟她進房間。妹妹已經找到她要看的卡通了，可是卻睡著。我聽見房間裡傳來掃把打在人身上的聲音。其實很大聲，卡通的聲音都沒辦法蓋過。

過了好久好久，天都全暗了，我也睡著，然後跟著妹妹一起醒過來，桌子上好多食物，燒鴨，蔥爆牛肉，高麗菜，番茄炒蛋……都是阿嬤親手煮好的食物，可只有我們祖孫三人。那天沒有人跟我們解釋發生了什麼事，美妮就這樣消失了。我知道美妮回台中去了，我知道，是因為我發現她沒有化妝，沒有戴上大眼鏡還有銀飾玉鐲子就上來台北。而我也是後來才逐漸明白，我和妹妹，要永遠被留在台北，離開阿嬤家之後，就和爸爸到他在汐止的新房子去。

這叫離婚，那年紀誰知道什麼是離婚。只記得在在台北的新學校，我變得很特別，大家都恨不得跟我一樣被叫做單親家庭，很酷的稱號，很酷的身分，突然我變得很受歡迎，好多人想跟我做朋友，我成為從台中來的，很不一樣的人。

我還吹牛，我曾經在飛碟裡吃過晚餐。

「你騙人。」坐在我旁邊的女同學不相信我，「世界上沒有飛碟，你騙人。」

「台中有，是台北沒有！」我說。

「而且他單親耶。」有個智商不高的笨同學這樣幫我說話。

「單親有什麼了不起，」女孩把下巴抬得好高，「我也單親啊，而且我是混血兒。」女孩只跟媽媽住在一起，媽媽是越南人，嚴格說父母現處分居的狀態。

「老師沒有說你是單親。」我反駁她。

「反正你是騙子啦！」另外一個女生加入她。

我變成眼鏡猴，縮起拳頭揍了那個幫她說話的女生的胸部。

那天回家，眼鏡猴罰我做一百個交互蹲跳，罰站不准吃晚餐。他斥責我，說打女人的男人不是男人。事件過後，整個小學都把我視為惡霸。事情渲染得越來越過分，高年級已經盛傳我和國中幫派有關係，而且知道怎麼用保險套。

班級導師主動介入了我的事情。星期三小學只有半天課，中午放學大家回家，我被單獨留了下來。還有一個男生也被留了下來，因為他很喜歡偷別人的橡皮擦。

導師把她脖子上的絲巾取下，指著上面的傷口告訴我她老公怎麼樣對待她。我只對這件事情有印象，她向我訴苦，告訴我她的生活多麼不好過，她老公雖然是醫生但有多壞。仔細想想這絕對不會是當天留校的重點，她可能只是想告訴我暴力不能解決問題，諸如此類的人生教訓。

妹妹才是真正學壞的人。她國中被抓到霸凌其他女生的那年，飛碟的詛咒再度降臨綠川。整個金沙百貨陷入濃煙之中，大家抱頭逃竄，那濃煙在新聞畫面看起來就真的就好像是有外星人攻擊。飛碟上面也冒著濃濃的煙，還有人站在上面好像要跳下去。綠川旁的大樓，又燒死人了。

那時我已經高中，我打了一通電話到台中給美妮。美妮說沒事，問我吃飯了沒，然後她在忙，很快我們就把電話掛上。

事情過沒多久，我收到妹妹的簡訊，她在求救，說她在她們女校宿舍後面的花園裡，她沒多寫什麼。我騎腳踏車趕到的時候，還要翻過圍牆才能偷偷進去。妹妹的裙子被剪破，內褲不見，我趕緊脫下自己的長褲要她穿上，反正我還有一條四角褲。

我們回到家後，算了算零用錢，夠她買件新的制服裙子。我們誰也不能說，不然眼鏡猴知道肯定會殺了妹妹。

但我心裡面有非常巨大的憤怒，我先要求妹妹斷絕和壞朋友的往來，然後私下找到了欺負我妹的女生家去。星期六中午，她一開門我就揮拳揍她，揍到她抓著我的腳不斷說對不起。這時我才發現有個中年男人隔著紗門在看我們，我以為那是她爸，結果卻是她的客人。女孩把頭抬起來的那一刻，我的眼淚就湧出來了，太像美妮，她太像美妮。

阿嬤說美妮是個壞女兒，比眼鏡猴還壞。她說我跟美妮一樣壞，讓她操心，讓她頭髮提早變白，還害她最近心臟不好，睡覺還會作噩夢。

大學的第一個夏季前，我離開了宿舍，租賃的房間就剛好也在綠川畔。但這一段綠川在大學城，兩邊的人行道和自行車道更寬闊，樹也更高，人更少。南台中，這裡比起中區更加安靜，居民更藍領，到處都是鐵工廠。

我照阿嬤的習慣把一疊裝滿千元鈔票的紅包塞到新房間的衣櫥，灑一包樟腦，就出門要去和美妮見面。

下了公車，東協廣場和綠川旁的小路都擠滿了人，雙節公車咻一下飛過去，人力公司外大排長龍，各國語言交雜，戴著橘色穆斯林頭巾全身黃橘的女子走出黃色的計程車，暮春最亮的花色，奔向綠燈快要轉紅燈的街口。沒有什麼風，梅雨還沒來，黑板樹的棉花種子在高空中飄呀飄，在千越大樓和東協廣場之間，這些白茸茸的雪花不知道是不是因為著人潮，也跟著熱鬧起來。

騎樓裡擺了一張白鐵桌，越南女子穿著亮色的洋裝在桌前像是算命，也是好多人圍繞，好多對話飛來飛去，每個人都很殷勤盼望自己問題的合理答覆。我也走上去，我也想探詢我的未來，我也想知道我距離我自己究竟有多遠了，我想知道飛碟是否還在這座城市。

我值得被愛嗎？我能愛人嗎？

但白鐵桌上的牌子上除了越南文就只有英文了，而且不是算命，而且不是占卜，他們一群人在辦手機業務，顯然一大票都是剛抵達台灣的移工。

也許，我心裡想著，也許我可以跟那女人辦個新的手機號碼。我可以用那支新的號碼重新聯絡到某個人，會是誰呢？我忽然覺得應該要打給米多麗阿姨，在那通電話裡我不需要說話，我只要用這支新的號碼，用一個陌生的身分，聽米多麗阿姨說「喂」，也許會有短暫的空白，空白中我能聽見她周圍的世界。在那空白的世界裡，她不會知道是我，我只會留給她一個隔天就能忘的懸空的問號。

「喂？」我幻想著米多麗阿姨真的接起了電話，她不斷用日文和中文確認電話裡的人是誰。我覺得我還會聽見美妮的笑聲，她們會說，飛碟好像沒有在旋轉，可是飛碟好像隨時會飛起來。

但說真的，飛碟在夜裡真的又再次被點亮了。

大火災難後就已經不再營運的飛碟，現在要重新啟動，整座大樓將會是全新的高級飯店。那發亮的圓盤物體我在大學裡也能看到。

晚餐前，美妮和我倚靠在綠川畔，對岸廣場坐滿喝酒的移工。美妮穿得更隨興了，配飾變少，只剩下玉鐲子，她頭髮剪短，似乎沒什麼衰老。也許她在我們離開之後更加年輕。

我們抽菸。美妮把菸給我時一直在笑，「反正你八歲就已經喝過酒了，我也不覺得你抽菸很奇怪。」

我跟她說起妹妹學壞的事情，美妮也像在聽笑話一樣不斷地笑，但時而鎮靜，要我這做哥哥的好好教導妹妹，她說父母無能只能靠長子。「太妹很少嫁不出去的，省得煩惱。」她邊說邊笑。

我們幾乎同時間把菸抽完，剩下的菸蒂捏在手中，我們看著彼此，然後笑了起來。

「你想丟到水裡面，對不對？」美妮問我。

我聳聳肩。

「好，」美妮點點頭，「丟下去之前要許個願望。」

她許了個願望，然後就把菸蒂丟了下去，我也學她。

「你許了什麼願望？」我們不約而同問對方。

我們笑了很久，沒有人想要先開口回答。

（二〇一七）

轉彎，再轉彎

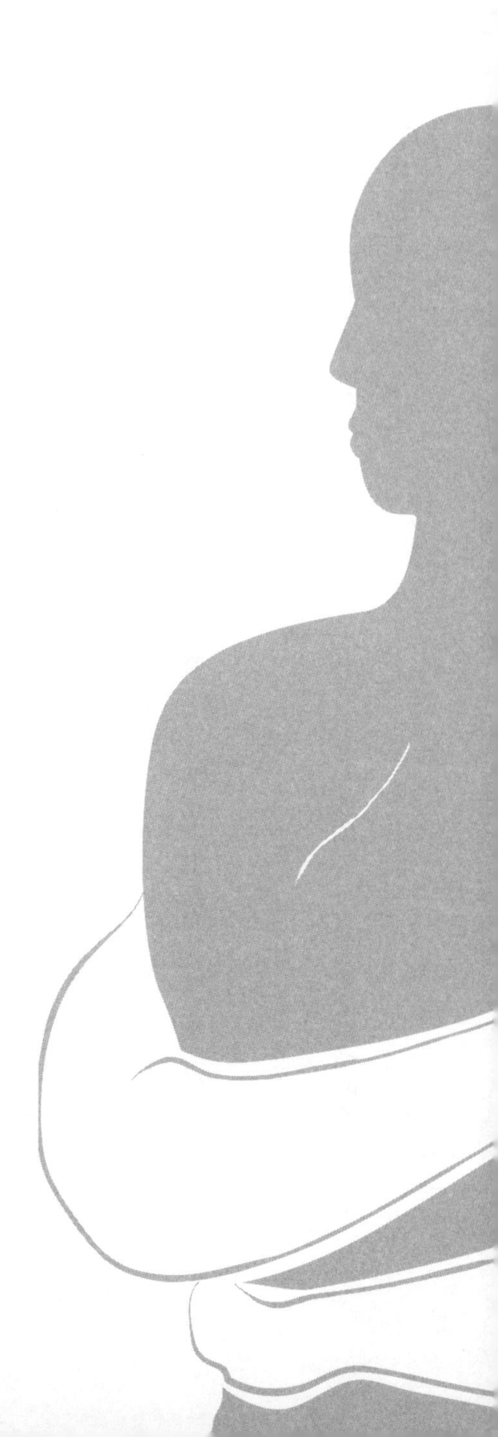

「要丟馬桶。」孟芝坐好，喝一口抹茶。「居然又換了。」蘇菲也喝了一口抹茶，「所以你看，餐廳一直換，一直換，馬桶明明都沒換，規定卻一直換。」

「至少我們多了一個可以好好尿尿的地方。」孟芝說。

「垃圾桶沒有被亂放衛生紙？」

孟芝搖頭，「你可以自己去看，純粹放衛生棉的呀。」

「Thank God。希望不要再換老闆了。」

「老闆還貼告示，要大家把衛生紙沖馬桶。」

「喔，終於！」

「而且還有英文標示。」

「我等等要去解放了。」蘇菲戲劇化地摸了肚子。

「老闆還放圖片，很可愛，畫了一隻什麼，」孟芝在空中比劃，「上廁所的台灣黑熊。」

「上個老闆也要大家把衛生紙丟垃圾桶，災難！」

「台灣黑熊旁邊還有什麼，」她一隻手繼續在空中飛舞，「我猜是快絕種的蝴蝶，台灣特有種的樣子。」

「還記得以前那家港式飲茶嗎？老闆也要大家把衛生紙丟垃圾桶，滿出來都沒有要清理耶。」

「你趕快去尿尿，你會愛上他們的廁所，真的。」孟芝說。

「然後有人乾脆把擦過屁屁的衛生紙放在地上！」蘇菲瞪大眼睛看著孟芝，「因為垃圾桶滿了！」

「蘇菲，」孟芝抓住她的手，「我知道我接下來要說的話很可笑，但你相信我，你會愛上那間廁所。」

她把手抽出來，「我真的要進去廁所了，現在還沒有人在裡面。」

「我開始計時，我保證你會在裡面待超過五分鐘。」孟芝作勢要把手機計時功能打開。

「好，」蘇菲起身，深呼吸了一口氣，「我現在要行動了。」她走向櫃檯，轉了個彎，服務生對她微笑。再轉個彎，這裡的空間設計都沒什麼變化，甚至連壁紙也沒有更動，充滿隱喻的黃色壁紙，還是維多利亞式的，最初是一間咖啡廳的裝潢。她到了廁所，打開門，關上。

「Oh, wow。」蘇菲讚嘆。廁所稱不上乾淨。但鏡子變大了，洗手台也換新成洗石子質地，還附乳液瓶。馬桶未變是同一個，確實有台灣黑熊的圖畫要使用者將廁紙丟入馬桶，還規定男生要坐著尿尿。重點是廁所裡多了一張大黑板，還有粉筆可以寫字。

她找到了孟芝留下的字跡，沒有署名。但她很確定那就是她的筆跡。她特有的板書。「Kiss me and I will kiss you back.」孟芝寫的字母有些僵硬，甚至有小學生的生疏感。蘇菲笑了起來，她也拿起粉筆，「I will and I know you will do it back.」寫完了字，她畫了一隻咧嘴微笑的哈巴狗，她最擅長的圖畫，也是為了紀念小學時家裡那隻生病過世的哈巴狗。

畫到哈巴狗那捲起來的小尾巴時，她才發現自己遮蔽掉別人的文字。那個陌生人的板書清秀，有些輕飄飄地寫著：來自天母的朋友。沒有上文也沒有下文。

有人敲廁所的門。叩叩叩叩。她趕緊洗了個手。開門，一個中年男子匆忙入廁。

「七分鐘。」孟芝看著手機，「我就知道。」

蘇菲抱住她的頭，往她的嘴唇吻了上去。「我就知道。」她說。

「他們的抹茶還不錯。」孟芝微笑。「怎麼說？」蘇菲歪著頭。

「七分鐘過後在嘴巴裡還有餘韻。」

「幹麼把舌頭放進來啦。」

「而且利尿。」

「喔，對了，」蘇菲想起了什麼，「我剛剛根本沒有尿尿。」

孟芝笑了起來，「我猜一下，你又畫哈巴狗。」

「我有畫這麼久？」

「他們家的抹茶很可以。」

「我記得這裡以前有賣過抹茶耶，」蘇菲回想著，「是不是有開過一間小火鍋店？」

「你記錯了。」孟芝回答，「小火鍋店沒有賣抹茶，他們是直接給我們綠茶粉放在桌子旁邊，你要拿熱水壺自己沖泡。跟迴轉壽司很像。」

「那不是抹茶粉嗎？」

「沒那麼高級吧。」

「我記得是跟這個很像，就是用玻璃杯子裝的冰抹茶呀。是小火鍋呀，我都吃南瓜奶油，你吃海陸套餐，然後我們點過一次抹茶後來覺得不好喝就沒點過。」

「我想起來了，」孟之說，「不是冰抹茶，是季節性的草莓拿鐵。」

「那是早午餐的時候吧！」

「冰抹茶我們喝過，是在早午餐時代的時候。」

「是嗎？那很久了耶！至少六年前了嗎？」

孟芝連算都沒算，「八年前。」

「我們剛搬到這裡是八年前了啊！」

「這裡換太多店了。」孟芝說，「有小火鍋，有早午餐，還開過印度菜，最難吃的是一間土耳其料理可是我們每天都吃耶，還開過咖啡廳啊，我記得還有開過超級沒有特色的簡餐店，我們根本是唯一常客。現在這間好像也沒有什麼特色，倒是把廁所當教室，聽說考教師資格的都會進去練板書。」

「而且每間我們都來過。我們住在一個不可能變成老街的地方。」蘇菲望著窗外，這裡的街景倒好像都沒什麼變化，台北的大學城永遠不會老化，永遠保持特殊的活力，沒有老店，只有日新月異不斷更易的新餐館。她們租賃的公寓就在對街，可警衛都好像沒什麼換過，在車道引車時會彎腰鞠躬，他在那站多久了，也站了八年了嗎？蘇菲心裡想著，保全明明是流動率很高的職業，他居然都沒有離去，也沒有老去。那她們兩人這八年來，也都沒有老去的跡象嗎？「你覺得我有變老嗎？」蘇菲很想問孟芝這個問題。

但她幾乎可以預料得到孟芝的回應。

孟芝一定會想盡辦法開她玩笑。「你當然有變老啊。上次去買衣服老闆還以為你是我媽。」「你當然沒有變老啊，從我們剛交往開始，所有衣服店的老闆都以為你是我媽，沒說你是阿嬤就要偷笑了。」

「我覺得我們或多或少都有變老。」沒想到孟芝的答案這麼自然，簡單，而且討人厭。

「這裡還開過一家拉麵店耶，而且衛生紙也是規定要丟馬桶。」蘇菲忽然想起來。

「喔，對。」孟芝沒有看她，「豚汁味噌烏龍麵還不錯，如果你還記得。」

蘇菲嘆氣，「我們討論過這個問題了。」

「我沒有說我怎麼樣啊，就記得你喜歡豚汁烏龍麵嘛。」

「你通常這樣就是在拒絕溝通了。」

「我怎樣？我就說我沒有怎麼樣，你怎麼知道我要拒絕溝通。」孟芝說。

「她是我前女友，你怎麼可以不承認我的愛情史。那也是我生命史的一部分呀。」

「蘇菲，我重視你的生命史，我愛你所以我把你的生命史看得很重要。只是小綠要的不是這樣子而已，你們在這裡約會過，還是在我們交往的時候發生的。」

「這個討論下去都是老問題了，」蘇菲說，「那個時候，我和她交往三年，跟你才認識一年，感情基礎真的不一樣。我不知道你會有這麼多難過的情緒。」

「嘿，」孟芝握住她的手，「我沒有要記仇。」

「我們都會老，什麼都可能會忘記。」蘇菲說，她又思索了一會，「你有沒有，真的把某個人忘記掉的經驗？就是你真的記不起這個人的存在。」

「有啊，我把很多以前的個案都忘掉了。」她回答，「而且因為我的每一個個案都太特別了，一下亞斯伯格，一下人格分裂，療程結束後，再過不用幾個月我就都忘了他們是誰。」

蘇菲看著孟芝思考著，「我不是說那種忘記。我指的是，」她看著窗外的警衛在人行道上來回走路，「例如以前大學的時候，跟你做報告的某一個陌生同學，你們共識了幾週，一起去咖啡廳做簡報，一起去圖書館，然後報告完成，課也修完了，你們就再也沒有聯絡。然後又過了好幾年，有天你們碰巧坐在一起吃飯，卻也認不出對方。」

孟芝回答得很快，「沒有。」

「或是交換生啊，」蘇菲用力拍手，「以前每個學期都有交換生呀，來來去去，跟他們吃飯夜唱還環島的，後來都不知道他們去哪裡，也忘記他們的名字。」

「我都記得啊。」

「中國的交換生呢？我覺得他們都很像，很難辨識。」

「哪有很難，明明是你沒有微博。」

「怎麼可能。」她皺眉，「你還記得他們是誰？」

「名字的確有可能會忘記，可是我很會認長相。厲害得咧，Google 都要找我去當人臉辨識工程師。我記得 Papapo 啊，索馬利亞的男生，國際農業學程的嘛。還有北義大利的女生 Francesca，她是建築系的。我還記得一個聖露西亞來的黑人，哲學系的嘛，大家都叫他阿寶，話劇演出去演黑奴的那個。」

「他們很多都離開台灣回去了嘛。對，你搞不好還有人臉辨識碩士，」她看著窗外，「可是人會變啊。」蘇菲看到警衛對進車道的機車鞠躬打招呼，「例如。我不知道這問題有沒有關係，但你有認識住在天母的朋友嗎？」

「有吧。」她說。

「每個人都有認識住過天母的朋友。」

「我以前還以為天母是某種神。」孟芝嚴肅地說。

「不是嗎？你不知道喔？」蘇菲繼續，「你不覺得很有趣嗎？而且這些住在天母的人通常都有點奇怪，有點邊緣，卻是人緣很好的那種邊緣。」

「你要說小綠嗎？」

「小綠大學的時候住在天母的親戚家。」蘇菲的眉頭皺著，「她現在是空姐耶，都不知道在哪，她不喜歡天母。」

孟芝把抹茶喝完了，她把鋼吸管收妥，「所以我們都會認識一個討厭天母的人。」

「你太誇張了。」

「而且這些討厭天母的人通常都是傲慢又有公主病的人。」她低頭查看手機，「啊，今天的個案請假了。」

「他也太愛請假了吧。」

「我想把他轉介給音樂治療師。」

「我還沒尿尿。」蘇菲起身。

她走過櫃檯，現在那兒沒有服務生。中年男子正站在那兒等結帳。轉彎，服務生回到櫃檯，先生來，這裡是找你的零錢。再轉個彎，黃色壁紙的走廊。

敲門，開門，關上門，她小便時眼睛一直盯著黑板上的字。好像沒有多出其他的字跡。孟芝的字還在，她的哈巴狗也還在，「來自天母」的字跡似乎更淡了。

衛生紙丟馬桶，沖水，洗手，開門。壁紙似乎有些動靜，如福克納小說裡的描述那樣，裡面藏著一個女人。也許那是個平行宇宙的穿越機制，她在壁紙下蠢蠢欲動，找到了縫隙她就會像蝴蝶那般破蛹而出。

蘇菲摸著壁紙，她想起來了，她曾經在這裡討厭過一個人。

她忘了她的名字。她曾是這裡的服務生，那時這裡是咖啡廳，她當時還和小綠在一起，但同時蘇菲也暗戀著這個服務生。

她記得她們一起上過網球課。她有溫暖的笑容，無論是在工作還是在教室，她總散發正向陽光的氣質，她那很持久的笑容其實蘇菲看久了都會為她感到疲累。

有一年春假前夕，蘇菲單獨來咖啡廳寫報告。在櫃檯點餐時，服務生順口和她聊了起來。

「你的課也上到星期四嗎？」她把號碼牌給蘇菲。

「到星期三而已。」她接過號碼牌，心臟噗噗地跳。

「真好，好羨慕呀。」她的聲音真摯，讓人覺得她是真心羨慕她。

「你呢？還要繼續工作？」蘇菲刻意保持冰冷的語調。

「我今天下班就放假了。」她露出燦爛的笑容，不是服務生的笑容，是真的交心的笑容，「我也提早寫完報告，要跟家人去露營。」

「跟家人？」蘇菲感覺吃驚，兩人都笑了起來。

「對啊，你一定覺得我們家感情很好對不對？你呢？不回家嗎？」

「沒有，我沒有要回家。」

「我是不是在教會看過你？」她忽然問道，「我是楊牧師的女兒呀，你是新加入的鼓手吧，你打鼓的時候很帥耶。」

蘇菲看著她臉上的笑容，她的牙齒整齊白淨，淺淺的酒窩，「謝謝。」她說，然後也被自己嚇到。她根本沒去過教會活動，連爵士鼓都沒有碰過。

「等我一下，」她笑瞇瞇地，「我幫你做咖啡。」

「你認錯人了。」蘇菲立刻告訴她。

「真的嗎？怎麼那麼好笑。」她大笑出來，「你跟那個鼓手長得太像了啦，她也是頭髮有點捲捲，戴圓形眼鏡的。你可以來我們的教會呀，我可以教你打鼓。」這時有客人要結帳，「你稍等一下，你的飲料我等下幫你拿過去。」

蘇菲快步走回位置。她覺得滿臉發燙，隨後又起身去廁所，經過櫃檯，她還在結帳，轉彎，再轉個彎，蘇菲摸著壁紙粗糙的紋路，就聽見網球場上擊球的聲響，還有女孩的笑聲。她打網球時總是很有自信，球技很好早已經是老手，常跟教練對打。個性也很隨和，隨時都像小老師一樣幫助其他同學。

那是大一時的網球課了。蘇菲有次在體育館淋浴間的洗手台洗臉，女孩走了過來，透過布滿水痕的鏡子對蘇菲微笑，她也洗起臉來，水花潑到蘇菲，那水像是一朵朵滾燙的火花，足以把她燒傷，也足以在她心底某處留下痕跡。蘇菲始終還是沒有記住女孩的名字。反正女孩從未注意過她，她可從沒想注意平凡的人，也許她根本目中無人。

就從那時開始，蘇菲就認為自己不能喜歡她，也不願真正表達自己對她的好感。取而代之的是恨，她開始討厭起她。她討厭她的自信，她將之詮釋為傲慢。她討厭她的和藹可親，將之視為偽善。她厭惡她散發的光芒，認為那只是一種膚淺的表象。女孩也感覺得到蘇菲的敵意，漸漸話少，後來除了點餐幾乎沒有任何互動。

她們就再也沒說過話。女孩的微笑依舊，後來咖啡廳換成了小火鍋店，蘇菲也和小綠分手了，她的心竟隱隱作疼，不為小綠，而是為了一個連名字都沒記住的女孩。

「我剛才想起來我有一個認識的天母人。」孟芝也出現在往廁所的走廊轉彎處。

「不意外呀，整個台北不都是天母人？」

「我是想起來有一個我認識的天母女生，她是以前我社團的學姊。」

「我認識嗎？」

「李家妮，你認識嗎？她是地質系的，矮矮的，很可愛。」

蘇菲搖搖頭，她不認識李家妮，「很可愛？」

「對呀，她雖然說是學姊，可是以前訪調時都是我在照顧她耶。她有次在部落裡感冒，冬天喔，我還幫她去買藥。」

「那沒什麼呀，你幹麼幫她買藥？」

「我先去尿尿。」孟芝快快地開門進去。

蘇菲回到餐廳的座位，桌面已經被收拾乾淨。警衛還在來回踱步。她想要看清楚他的臉，帽子和墨鏡下不可能只是個普通的男人。他一定藏有什麼不可告人的身世。還是他就是如此普通，普通到可以被人忽視長達八年？人可以普通到什麼程度，普通到從未被注意過？那是尋常的普通嗎？

「他做很久了。」孟芝也回到座位，看著他們公寓的警衛。

「也超過八年了嗎？你覺得他為什麼要當警衛？」

孟芝看著蘇菲，覺得她的問題奇怪，「你知道你哪一點可愛嗎？你好像小孩子，對什麼都有問題，十萬個為什麼。」

「我覺得有點不開心。」蘇菲說道。她確實這麼覺得。廚房開始榨果汁，機器轟轟作響。

「是因為抹茶嗎？還是身體不舒服？」孟芝試著想弄清楚原因。

「這條街怎麼可以一直在變化，卻又可以什麼都沒變過？」果汁機聲音忽然靜止，讓她的聲音格外大聲清楚。

「反正我個案都請假了，我們可以去散步。好嗎？」

「你怎麼可以說，討厭天母的人都是驕傲的公主病呢？」蘇菲責問。

孟芝露出困惑的表情，「可是你沒有討厭天母呀。」

「有啊。我現在討厭天母。」

「以前我們去天母玩過好多次呀，你不是都很開心嗎？」

「開心？」蘇菲更憤怒了，「你說人家是公主病的時候根本才是公主吧？」

「以前這裡開過一家台南棺材板，你記得嗎？」

「記得又怎樣？」

「蘇菲，你超愛吃的呀，店收掉的時候你還超難過的。」

「總之你不應該這樣說討厭天母的人。」

「你不要又突然間鬧脾氣嘛。」孟芝起身，「我們去書店走走。」

「我還要去廁所。」蘇菲又離開了。

「不可以把公主病理化，我們都是公主嘛。」孟芝俏皮地補上一句。

蘇菲沒有回應。她經過櫃檯，轉彎，再轉彎，和一位服務生擦身而過。她一進廁所就轉開水龍頭，水花濺到她的手臂，有些冰涼，她低頭努力地搓洗。她抬頭時還以為自己會看到體育館淋浴間那充滿水痕的鏡子。但眼前的鏡子無比清澈，清楚地反映她臉上的每一個細節。她從口袋拿出護唇膏補搽，然後擦乾雙手，用廁所裡的乳液塗抹手心和手背。

蘇菲覺得自己不再生氣了。她覺得那只是一種厭煩罷了。也許是因為天氣變化得太劇烈了，也許真的只是因為抹茶的咖啡因讓她暫時心浮氣躁起來。她想起自己前晚也沒睡得很好，也許真的需要去透透氣。

她還是感覺得到心底有塊舊傷在發疼。她不喜歡這樣的自己，沒來由的憂鬱，無病呻吟的自己。她把黑板上所有的字和圖畫都抹除，粉筆灰和手上的乳液攪混成一種粗糙如沙粒的質地。

她又拿起粉筆想要寫些什麼，卻只是用黃色的粉筆俗濫而毫無創意地畫了一顆愛心，就把粉筆丟入筆盒，洗手然後離開。孟芝已經在大門等她。

「你真的很喜歡他們家的廁所耶。」孟芝幫她開門，兩人走入春天傍晚的陽光裡。

「很乾淨呀，我們像是花錢逛廁所。」她們過了馬路，經過警衛，沒人打招呼，他也無視她們，「他臉上有飯粒。」

「而且是乾掉的飯粒。」孟芝說完兩人大笑。

「我想找一隻貓來摸。」蘇菲說。

「我也是。」孟芝忽然轉過身，「我們去找李家妮，就我剛剛講的那個學姊！她有養貓！」

「真的嗎？」蘇菲也很開心，「她住哪？」

「就天母啊。」

「天母！」

「我們搭車去嘛，就算是兜兜風，你不是心情不好嗎？」

「很遠耶，今天捷運人很多吧？」

「兜兜風嘛。」孟芝說，「走，不然我開車。」

孟芝傳了訊息給李家妮後，她們挽著手，從公寓的樓梯走下去。「我們這樣好像母女，好想叫你一聲媽。」孟芝說。「你很煩。」蘇菲輕輕捏她。「蘇菲婆婆好痛！」孟芝大叫。

「痛死你，你才婆婆，奈何橋上的孟婆。」

「其實我跟警衛聊過天，只有一次而已，後來也都沒有講過話了。我是有一天拿包裹的時候跟他小聊一下。他是阿美族耶。」孟芝邊說，邊換上她開車時會穿的運動鞋。

「花蓮的嗎？」蘇菲問。

「我就不知道了。」她發動引擎，汽車離開車位，慢慢地駛向車道的滑坡。天已快暗。

「你有沒有想過我們會越來越老的問題？」蘇菲喃喃地問道。

「沒有。我不知道蘇菲婆婆也有這種煩惱。」孟芝專注地注意無號誌路口。

「討厭死你了。蘇菲婆婆也是會變老的，蘇菲老太婆。我是認真問的，你不覺得很可怕嗎？你是我第二任女友耶，才第二任。」

「而且你是我的第一任。」孟芝微笑，「怎麼，膩了嗎？想分啦？」

「對啊。」

「好啊。」

「你好什麼好呀？」

「你先問的呀。」孟芝笑著說，「幹麼？你喜歡別人了喔？」

「沒有，只是覺得時間好可怕。」

「如果我沒有追你，你會跟我告白嗎？」孟芝問。

「不會吧。」蘇菲的語氣不確定。但她真的不確定。如果孟芝當時沒有追求她，她根本就不會想到要和她交往。她當時還以為她會一輩子單身呢。

「所以我才要追你呀，你看我多會推銷我自己。」

「是不是應該先找個地方吃晚餐？」蘇菲看著窗外變換的街景。

「燒烤吧，感覺吃一點點就好，剛剛吃好多了。」

「好吧，就燒烤。」

她們常去的燒烤店就在幾個街口外。抵達時，剛好還有停車格，天也暗了，路燈還未亮起。燒烤店居然沒開，店外卻有群群蠕動的生物。

那景色讓蘇菲想起艾略特的詩，四月是最殘忍的月分。四月確實殘酷，有時忽冷忽熱考驗老人的生命數值，白日偶有的酷熱到了夜裡也會涼爽，甚至季風還會帶來寒意。乍暖還寒，冬夏花朵齊放，台北市裡的蚊子也會漸多起來，不過四月還未結束花就都凋謝了，蚊子也會死光大半。蚊子的大量死亡是政府的施藥措施，瘟神的記憶，這時商店街上還會有落葉般的蟑螂屍體，夜風吹過，淒涼地翻滾，發出唰唰的聲響，一隻一隻的蟲屍就這樣橫躺在騎樓和商家門口，和菸蒂，和檳榔渣，和枯葉一塊，台北城的春天。

孟芝把車停妥在停車格，燒烤店臉書上公告老闆重感冒，停止營業一天。空中還有些垂死的蟑螂在飛舞，有一隻停在擋風玻璃上後就一動也不動地死去，路燈亮起，順著視線望出去，燒烤店外的騎樓爬滿奄奄一息的蟲群。

春天是大量死亡的季節，欣欣向榮的甜美是死神的糖果屋。「我突然想到，以前還開過一間滷味，你記得嗎？」

「開小火鍋以前嘛，記得。」

「廁所很髒。」

「我記得呀，都不打掃的，還長蒼蠅。」孟芝低頭看手機。

「有一次我忍不住還是用了他們的廁所，他們規定衛生紙要丟垃圾桶，我都沒理它，可是那天垃圾桶是打開的，我以為會看到很多髒髒臭臭的衛生紙，結果都是龍蝦殼耶。」蘇菲回想著，「應該是龍蝦殼，是很大的蝦殼，塞滿垃圾桶。誰會在裡面吃龍蝦呀？」

「以前我們系上有個交換生，叫 Naina，你記得她嗎？」蘇菲搖頭，孟芝繼續，

「你怎麼誰都不記得。她住在印度的北部的很內陸的地方，她覺得我們吃海鮮很噁心。她不太知道我們為什麼敢吃蝦子。她覺得蝦子跟昆蟲是一樣的，我們怎麼可以吃得津津有味。」

「怎麼辦，燒烤店沒開。」蘇菲嘆氣。

「你有很餓嗎？」

「沒有。」

「那我們到天母再吃。」孟芝作好決定，就又重新發動汽車。

「我覺得我會喜歡上別人。」蘇菲說道。

「我是說真的。」

孟芝先是不語，然後用手摸她的大腿，「我不是雙胞胎呀。」

「等下，」她滑開手機，「李家妮要我們改天再去她家耶。」

「怎麼那麼突然？」

「我也是臨時問她的呀。」

「我還以為已經喬好了，搞什麼。」

「沒關係，我還是載你去兜兜風嘛。」

「我們回家叫 Uber Eats。」蘇菲說。

「沒有喔，我們摸不到貓，就去摸狗。」

「真的嗎？」蘇菲又燃起了興趣，「哪裡有狗可以摸？」

「許嘉良啊，他養一隻哈巴狗，才一歲而已。你不是最愛哈巴狗？」

「他住海邊耶。」蘇菲提醒她。

孟芝打開導航系統，「還好，開遠一點也好。」

「好吧。」蘇菲看著她傳訊息給許嘉良，「確定他會讓我們去他家嗎？」

「他說歡迎我們去摸狗，但不要摸他老婆就好。」

「誰要摸啦，講什麼。」

「你心情有沒有好一點？」她在路口迴轉時問。

「你專心開車。」

「走囉，我們要去摸狗狗囉。」孟芝看似專心地開車，但差點沒看到一位過馬路的行人。「所以，你有什麼想跟我說的嗎？」

蘇菲沒有回答她。她繼續看著副駕駛座外的夜景。

汽車已經駛離喧鬧的市中心。她們已經在郊外的公路上，窗外有時飄過加油站，有時是檳榔攤，機車的車燈，高架橋上的電車。漸漸地就什麼也沒有，剩下黑壓壓的森林及稻田，偶然出現的鐵皮工廠。

孟芝欲言又止，直到紅燈時才說話。「我想跟你住在永遠不會變老的街，永遠沒有老店，坐在同樣的窗邊用餐，看對面我們住的公寓，看著行人來來去去，然後餐廳會一直換，一直換，換呀換，只要住得夠久，活得夠久我們就能吃遍世界各國的美食。」

「還有各種廁所。」蘇菲無趣地說。

「你其實也可以走回家上。」孟芝說，「算了，當我沒說。」

「你覺得我可以打爵士鼓嗎？」她問道。

「我有一個個案，他已經四十歲了，他正在學直排輪。」孟芝說，「所以我相信你可以把爵士鼓學好，然後組一個樂團去文創園區賺錢。」

「我是說真的。」蘇菲看著窗外。公路帶領她們爬上了一段山丘，兩旁的森林巨大高聳。森林消失後，黑色廣闊的原野沿著公路伸展開來。

強風徐徐地吹著她們的汽車。「靠近海邊風就好大啊。」孟芝小心地控制車速。風又更加猛烈地吹襲過來。

「這裡看得到海嗎？」蘇菲望著兩旁的窗外，尋找可能的大海。

「連海鮮餐廳都還沒看到呢。」

風再撞擊一次她們的車子。蘇菲的心臟劇烈地跳著。「我想下車一下。」蘇菲說。

「你要尿尿？」

「沒有，但停一下。」

「認真？」

「前面有空地，趕快。」

「遵命。」孟芝打了方向燈，車子轉向右邊的泥土空地。

風很大，蘇菲必須用力推開車門。唰，風如海浪陣陣拍打過來。她踩著乾燥的泥土，走向這片靠近海邊的荒原。風又是一陣一陣，她聽不清楚孟芝的聲音。孟芝在說話，可能在說風很冷，應該要穿件外套。

Kiss me and I will kiss you back!

蘇菲終於聽清楚孟芝的聲音了。

「不要講英文啦！」她拉高嗓子，風灌了進來她忍不住咳嗽，濃濃鹹鹹的海水味。

她又往前走了幾步，海濤聲出現了。「這裡明明已經是海邊！」她驚喜地大叫。她們站在坡上看著夜裡的大海。

「有船。」孟芝指著遠方小小的光體。

「我們離開那裡好不好？」蘇菲靠著孟芝的肩膀。

「你說我們現在住的地方嗎？為什麼？」

「住這裡啊。每天吹風看船，離都市遠遠的。」

「我們養一隻哈巴狗怎麼樣？」孟芝問她。

「真的？你都說養狗很辛苦！」

「不然我們去做人工生殖？」孟芝試圖讓自己聽起來嚴肅，但她還是笑了出來，「我們超過四十歲就很難有機會了。」

「我覺得我們可以養一隻哈巴狗。」

「好，那我們就養一隻哈巴狗，然後住在海邊。」孟芝親吻蘇菲的臉頰。

「船呢？」蘇菲走向前方，「居然不見了。」

她們的眼前只剩下一片黑色的海域。

「我知道為什麼討厭天母了。」蘇菲說。

「為什麼？」

「我忘了。」她真的忘了。她踩入沙地，轉彎，再轉彎，「我真的忘了。」然後她抱住孟芝，「我剛剛明明知道為什麼，可是又好像忘了。」她從孟芝的肩膀望出去，看到了一片又一片的木麻黃。

（二〇一九）

後記

二〇二〇前隱隱約約地我就特別期待它的到來。大概是一六年，我完成了創作課的作品集，申請了文學創作研究所，也在入學第一年拿到國藝會的補助，並期許自己在二〇年代向世界交出幾本小說來。這四年期間也持續寫，上各種創作課，寫詩、散文，也作了幾齣戲，同其他寫作者切磋生活。

人類現代史不過才兩個二〇年代。第一個啟動整個二十世紀，咆哮的二〇年代、日本大正、中國新文學、俄國革命，然後便是更為我們熟知的戰後及世紀交替。所以我很是期待新的二〇年代，總覺得這可能將是我此生最有活力和年輕的十年，並且世界會有所不同，總之我天性樂觀。誰也沒料到世界竟然就在這時壞掉。先是香港，然後武漢，接著世界級神展開，這編劇實在厲害且不拖戲。

《其實應該是壞掉了》是在疫情開始擴及西方各國時開始成形，也是我自己的突變體。這半年氣氛詭譎，隨便發個燒都讓人緊繃。日冕的英文恰好是corona，和冠狀病毒都取皇冠之意。二〇二〇的世界可說是被扣上一頂華麗而荒唐的大皇冠。夏至下午，我和室友不想錯過日蝕，我們可等不了一百九十五年，我們在台中植物園看著炎熱的白日越來越昏暗，大地最沉的那刻整座城市像沏了一層濾鏡，光如美術燈，把園區內的熱帶雨林突地端上畫布。並且有隻大鳥，不尋常地低空飛行，在民權路綠燈號誌初切換時精準右轉像是輛機車，好優雅，好像還打了方向燈。

那一刻世界應該是壞掉了，其實也沒什麼變。編輯敏菁對我很有耐心且心細，合作初期她便問我，這十篇小說的核心思想是什麼。聽起來就像在叩問書名，究竟是什麼壞掉了，所以值得一寫。或是說，步入二〇二〇前的世界是什麼模樣，而我又捕捉了這十年的什麼結構？或是光影。同婚之後我們要面對的生活，情慾之後我們發現青春不再，酷兒之後我們恍然大悟其實我們從沒認識自己的需求。

我徒步穿越深夜的植物園去超商領取第一份校稿。拿到稿子走回林間，禪浪蛙鳴四起，台中又再陷入梅雨季的濡濕，我沒傘，稿子揣在懷裡小跑步起來，心臟撲通撲通地跳。書稿貼心地用塑膠膜包裹好，我在廚房料理台攤開乾燥的印刷紙，一頁頁地，重新檢視自己，像在閱命盤、讀人類圖，赫然發現自己的潛在意識：說故事的原動力。

那原動力可能源於一種憤怒，對自身命運、出生、認同的種種不自在。也可能是孤獨感，以及對人事的諸多好奇使然。我需向稍年輕的自己學習，那時聽的故事、說的故事都有種猛勁，而那正是二〇二〇降臨的前十年。也許是有什麼壞掉了，但其實什麼也都未改變吧。

二〇二〇・六・二十四　端午

INK PUBLISHING 文學叢書 636

其實應該是壞掉了

作　　者　高博倫
總 編 輯　初安民
責任編輯　宋敏菁
美術編輯　黃昶憲
校　　對　潘貞仁　高博倫　宋敏菁

發 行 人　張書銘
出　　版　INK 印刻文學生活雜誌出版股份有限公司
新北市中和區建一路249號8樓
電話：02-22281626
傳真：02-22281598
e-mail：ink.book@msa.hinet.net
網　　址　舒讀網http://www.inksudu.com.tw

法律顧問　巨鼎博達法律事務所
施竣中律師
總 代 理　成陽出版股份有限公司
電話：03-3589000（代表號）
傳真：03-3556521
郵政劃撥　19785090　印刻文學生活雜誌出版股份有限公司
印　　刷　海王印刷事業股份有限公司

港澳總經銷　泛華發行代理有限公司
地　　址　香港新界將軍澳工業邨駿昌街7號2樓
電　　話　852-27982220
傳　　真　852-27965471
網　　址　www.gccd.com.hk

出版日期　2020年 8 月　初版
ISBN　978-986-387-352-5
定　價　330 元

國家圖書館出版品預行編目資料

其實應該是壞掉了／高博倫著
--初版, --新北市中和區：INK印刻文學,
2020.8　面；　14.8 × 21公分.（文學叢書；636）
ISBN　978-986-387-352-5　（平裝）

863.57　　109010119